私の最推しとの甘い結婚生活

1　会社の顔と家の顔

「櫻井《さくらい》さん、これどうにか通せないかな……？」

「うーん、ごめんなさい。いくら課長の頼みでも、これぱっかりは……」

「そこを何とか！　今日受理されないと、今月の経費に含まれないでしょ？　来月は結構な出費があってさ……」

「お金が関わってくるので、課長の印がないと受理できないんですよ」

「総務に置いてないの？」

「……珍しいですからね、課長の名字。残念ながら、置いてないです」

「ああぁ！　そんなぁ……」

「はぁ……はいはい、櫻井さんが困っているでしょう？　お話なら私が聞きますよ？」

「うぅ……大丈夫です……明日出します……」

「それなら最初からそうしてくださいね？　余計な仕事を増やさない！」

「は、はいっ……！」

はぁ、と大きな溜息を吐きながら、一人の女性が眉をひそめている。

「そんなの『無理です』の一言で良いのよ？　真面目なんだから……」

「すみません、つい……」

「アナタは悪くないんだから、謝らなくて良いの。課長は櫻井さんと話したいだけだから、何なら無視しても良いのよ？」

「む、無視はちょっと……」

「多分アレ、来月も同じように来るわね。はぁ、めんどくさい……」

「印鑑、買いますか？」

「課長に買わせて持ってきてもらうわ。わざわざ経費を使う必要もないし。私が伝えておくから。櫻井さんは残りの精算書お願いね？」

「はい！」

さっきのしかめっ面とは打って変わって、今度はにこやかに女性は手を振って席を離れていった。

「櫻井」と呼ばれた女性は、櫻井美緒《みお》といい、この会社の総務部の女性である。同じ会社に勤めており社長の御曹司である悠斗《ゆうと》と、ごくごく最近籍を入れたばかりの新婚だ。

人当たりも良く、何事にも一生懸命で仕事の評価も高く、上司、先輩、後輩、同期……と誰に評判を尋ねても、全方位から高評価な女性である。

悠斗の評判も相まって、結婚前は二人揃って『高嶺の花カップル』と呼ばれていた。お互い高スペック、そのうえ人当たりも良く悪い噂の一つもない二人は、他の人間たちから見ればまさに『高嶺の花』だった。

ここでいう『高嶺の花』は、あくまでも揶揄《やゆ》だ。なぜならば、悠斗が『社長の御曹司である』ということを、ほとんどの人が知らないからである。

悠斗は社長の息子であるという事実を、自社に入社してからも隠していた。それは、悠斗も社長も実直な人間であり、そのことが評価に繋がることを嫌ったからだ。社長の御曹司となれば、邪《よこしま》な気持ちを持って接してくる人間もいれば、勝手に妬《ねた》む人間もいる。特に悠斗の父、現社長はそのことをよくよくわかっていた。だからこそ、悠斗には安易に口外しないよう口をつぐませ、自分も悠斗のことを特別扱いしなかった。もちろん、悠斗自身もその立場を振りかざすこともしなければ、結婚した美緒相手にもプロポーズのギリギリまでそのことを黙っていた。

「コホン。あー、櫻井さん？　家庭で悩みとかない？」

美緒の隣に座っている男性が、コソコソと周りの様子を伺いながら声を掛ける。

「えっ？　いえ？　特にないですけど……？」

「そう？　ホラ、何か困ったことがあるとか、何でも良いんだけど」

「今は特に……」

「えっ……そうなのか……。じゃあ、えぇっと……そうそう！　旦那で何か悩みとかないの？　夫婦の悩み！　全然、俺話聞くからさ？　食事でもどう？」

「……ご心配なく。いたって良好ですよ？」

「弓形《ゆみがた》さん？　櫻井を食事に誘うなら、私が行きましょうか？」

「えっ、あっ、いや、笹野《ささの》さんは……良いかな……」

「はい？　どういう意味です？」

「やっ、何でも！　……さぁ、仕事仕事！」

弓形と呼ばれた男性は、アタフタしながらデスクへと向き直る。笹野——先ほど課長を追い払った女性が、同じように弓形を美緒から遠ざけた。

美緒が今回のように男性に誘われることは、独身時代においては日常茶飯事で、一人断ってもまた一人やってくるというように、絶えることはなかった。それは、恋人の有無も関係なく、だ。

結婚が決まってから、また結婚してからは多少の誘いは減ったものの、相変わらず二人で食事にどうにか行けないかと、何人もの男性がアタックしては撃沈を繰り返している。

「はぁ……仕事、しづらくない？」

「はは……まぁ、多少は……」

「ハッキリと断っても良いのよ？」

「今みたいに、『食事に行こう！』とか、『二人きりで云々《うんぬん》』みたいに言われたら、まだ断りやすいんですけどね。それを出さずに匂わされると、自意識過剰なのかなって思ってしまって……」

「真面目ねぇ……。良いのよ、自意識過剰で。結局、大体当たってるんだから」

「あんまり、職場の方との関係性を悪くしたくないのもあって……。でも、すみません。その分、笹野さんに迷惑をかけてしまって……」

「良いのよそんなの！　アレだったら、ウチの夫から注意させようか？　見た目、結構コワモテだし。それに一応、部長だし？」

「そんな……！　申し訳なさすぎます！　自分で何とかしますから……」

「できるなら良いんだけれど……。ダメなら、私でも、旦那君でもちゃんと頼ってね？」

「はい、わかってます」

笹野も職場結婚であり、総務部の部長をしている夫がいた。特に人事を主としており、笹野自身も総務部で係長をしているため、周りから見たらいろんな意味で強い夫婦と言えるだろう。

「あ、そういえば。旦那君、仕事新しく取れたみたいね。お客様から、別プロジェクトもウチにお願いしたいって。営業部が騒いでたわ。すごいじゃない！」

「えへへ、ありがとうございます！　毎日頑張ってるんで、できるだけ家では、寛《くつろ》いでもらいたいですよね」

「……アナタ、本当に良い子だわ……」

そう言って、笹野は美緒のデスクにチョコレートを置いた。

「アナタも、ちゃんと息抜きしなきゃダメよ？」

「はい！　……あっ、笹野さんこれ、新作のクッキーなんですけど。食べません？」

「これＣＭでやってたやつじゃない！　気になってたのよね、いただくわ」

総務部は笹野夫婦を筆頭に、主任に美緒を置いていた。笹野もそうだが、美緒も主任という立場にあり、この会社ではまだまだ少ない役職持ちの女性の一人である。悠斗はまだ入社五年目であったが、異例の大出世を果たし、二十代という若さでシステム部の課長を務めていた。もちろん、その有能さ、この役職も含めての『高嶺の花カップル』の称号である。

社長の息子であるがゆえの異例の大出世……というわけでは決してなく、その人柄、仕事ぶり、能力を踏まえての課長という役職である。何も知らない周りから見たら、悠斗が普通の人間であれば何かおかしいと、そう感じるかもしれないくらいの。

そう、悠斗は普通ではないのである。社長の息子という点がなかったとしても、悠斗は非常に有能な社員だった。その能力を埋もれさせないために、課長という役職が与えられた側面もある。そして、その役職に就いてもおかしくない人間だと、悠斗は周りから評価されていた。異例の大出世という言葉は、他の社員たちからの最大限の誉め言葉でもあった。

（はぁ……ちょっと疲れちゃったな。お手洗い行って休憩しよ……）

美緒は席を立つと、女子トイレへと向かった。手早く済ませた後、コーヒーを淹《い》れるために給湯室へと向かう。

「……じゃ……？」

「よね！　……る……！」

（あ……先客かな？）

こういった時に、あまり人に話しかけることが得意ではない美緒は、給湯室の死角となる場所から女性たちがいなくなるのを黙って待つことにした。

（うぅ……できれば早くいなくなってほしい……。無言になっちゃうのも何だか気まずいし…）

「……ねぇねぇ、聞いた？　システム部の櫻井さん、またお客さんからお仕事回してもらったんだって！　営業じゃないのにすごくない!?」

「えっ、そうなの⁉　今初めて聞いたけど、マジですごいじゃん！」

（……あれ？　ユウ君の話……）

さほど離れていない位置にいた美緒の耳に、悠斗の名前が届いた。

「見た目もイケメン、声もカッコイイし、仕事もできるって最高じゃない？」

「普段はちょっと怖いけどね。何か、無表情？　だし。忙しそうなのが顔とオーラに出てる」

「わかるー！　でも、そこが『できる男』って感じしない？」

「するする！　あと二人きりの時にすごい優しいとか甘えてくるとか、ギャップありそうー！」

「それ私も思った！　『全然人に興味ありません』って顔しながら、実は『好きな人にはベタ甘です』みたいな！」

（わお……ユウ君、めちゃめちゃ人気あるな……？）

美緒は苦笑いする。悠斗がこう言われていることは何となく知っていたが、実際に他人から言われている場面に遭遇すると、何とも言えない気持ちになった。

「髪型は清潔感ある感じだし、身長も……どれくらいだろ？　百七十は絶対超えてるじゃん？」

「あると思う！　笑った顔見たことある？」

「え、ない！　……笑うの？」

「何それ失礼じゃない？　でも、見たことないんだ。私見たんだけど、ちょっとクシャってなって、可愛い感じだった！」

「マジで羨ましいんですけど」

「眼福よ。スーツ着てるからわかんないけど、腕まくりしてる時、結構筋肉ついてるように見えない？」

「わかる！　あれは細身だけど絶対筋肉ついてる」

「だよね？　スーツも似合うしカッコイイ」

「たまについてる寝癖、可愛いよね」

「わかる！」

（すごい……よく見てるな……）

話を聞けば聞くほど、それは悠斗だった。身長は百七十六センチあるし、暗めのトーンの髪色で、長すぎず短すぎずといった髪型だ。細身ではあるものの筋肉は適度についており、普段は難しそうな顔をしているが、たまに見せる笑顔は子どもみたいに可愛い。寝坊した時の髪型の優先度は低いため、ピョコンと毛先が跳ねている時も確かにある。

「えー、私彼女になりたい」

「えっ、ずるい！　私も！」

「どんな人がタイプなんだろう？」

「聞いてみる？　話すきっかけにもなるし良くない？」

「良いかも！」

（うわー……ごめんなさい、嫁がここにいます…）

思わず心の中で謝ると、美緒はコーヒーを諦め、バレないように部屋に戻ろうとした。

「あれ、二人とも知らねぇの？　櫻井さん結婚してんよ？」

（もう一人いた⁉）

今度は男性の声がする。どうやら、女性二人、男性一人で給湯室を利用していたらしい。

「えっウソ！」

「いやいや、ホント。総務部の櫻井さん」

「……そういえば……同じ苗字だな……とは思ってたけど……」

「櫻井さんって、毎月給与明細持ってきてくれる人だよね？」

「そうだよ。同じ大学で、最近結婚した」

「やだ、狙おうと思ってたのに！」

「私も……」

「盛り上がるくらいだから、知ってると思ったのになぁ。意外」

「だって……たまに見かけて良いなって思ってたレベルだし……」

「入社してまだ私たち三ヵ月だし？」

「いや、俺も三ヵ月だけど」

「それは、アンタがシステム部だから知ってるんでしょ？　私たち、どっちとも違う部署だし」

「そうそう」

「まぁ、それもそっか。とにかく、諦めたほうが良いんじゃね？　どっちもファンクラブあるって噂だけど」

（そうなの⁉）

驚いた美緒は思わず出そうになった声を抑え、固唾《かたず》を飲んで給湯室の会話へ耳をすませた。

「女性社員の先輩に聞いてみたら？　あー、奥さんのほうは男性社員に聞くほうが良いかな？」

「……確かに、奥さんのほうは可愛い人だなと思った」

「入社式で司会してたよね。可愛いし、凛としてるって言葉がピッタリだと思ったもん」

（ひぃあぁ……ありがとうございます……！）

思わぬ言葉に、美緒は耳が赤くなる。同じ女性に褒められることが、嬉しくも恥ずかしくもあったからだ。

「奥さん、同じ女性から見てもそんな感じ？」

「まぁねぇ。可愛らしい人だと思うよ。多分、メイクでちょっと大人っぽく見せてるけど、スッピンは幼いと思う」

「羨ましいよね、髪の毛サラサラだし、今の髪色も似合ってるし」

「目は大きいのに、他のパーツはちょっと小さくて、でも全然嫌味じゃないっていうか」

「あんな風に生まれたかった！」

「それね。隣にいると良い匂いするし」

「すれ違った時とかもわかるよね！　華奢だし守ってあげたくなる感じ。私も身長百六十センチあるけど、気持ち目線下な気がする」

「あー、普段そうだよね、女の子らしいというか。入社式の時はスーツだったから、お姉さんっぽかったけど、シャツと柄物スカートだとイメージまた変わる」

美緒は思わず今着ている服を見た。大きな花柄の膝丈フレアスカートに、フリルとリボンタイのついたブラウス。髪色は最近染め直して暗めの落ち着いた色味にし、背中まである長さを生かして毛先もゆるゆるとカールさせた。少し下半身にお肉がついてきた気もするが、できるだけ学生時代の体重をキープできるようにも頑張っている。これだけ容姿を褒められると、面と向かって言われたわけでなくとも、恥ずかしさが強くなった。

「俺だってあわよくば奥さんのほうと食事とか行ってみたい」

「仲間かよ」

「ウケる」

「仕事できて、可愛くて役職持ちで……それで人当たりまで良いとか、そりゃ彼女にしたいじゃん？　年上お姉様とか最高」

「いやでも結婚してんでしょ？」

「じゃあ彼女は無理じゃん」

「結構ねぇ……結婚してても良いっていう人多いんだよねぇ……」

「ヤバいやつ！」

「ほんとそれ」

「ウチらによく『諦めたほうが良いんじゃね？』なんて言えたよね」

「そっちのがよっぽどだよ」

「何だよ、思うくらい良いだろ？」

予想外の方向に話が進んでいき、慌てて美緒は止めていた足を動かすと、早足で部屋へと戻っていった。

（えっそうなの？　結婚してる人に対して、みんなそんなこと考えたりするの？）

異性の社員に誘われることが多いとは、自分でも思っていた。だが、その中に『結婚していても良い』と思っている人がいるとは、考えていなかったのだ。あの男性社員の言う『結婚していても良い』は、おそらく『不倫になっても良い』『結婚していても付き合いたい』『あわよくば身体の関係だけでも』という意味合いが含まれているのだろう。

（……女の子たちも一緒なの……？　え、ウソ……。ユウ君、この話知ってるのかな……）

そう考えると、キュッと胸が締め付けられる。今まで考えていなかったことが、急に自分に対して牙《きば》を剥《む》いたような気がして。

部屋に入る前に表情を作ると、美緒は残りの仕事を終わらせるべく、気を引き締めながらデスクへと向かった。

「……櫻井さん？　怖い顔してるわよ？」

「え。そ、そうですか？」

「うん、とっても。何だか難しい顔してる」

「そう……ですかね」

「そうよ。だって、眉間に皺寄っているし」

「えっ」

笹野のその言葉に、美緒は思わず指で眉間を擦《こす》った。

「あはは、あのね、旦那君もそういう顔してる時あるわよ」

「ゆう……夫がですか？」

「たまにシステム部行く時に、パソコンに向かってる旦那君が目に入るのよ、入口のすぐ近くの席だしね。何かこう、パソコンとにらめっこしてるみたい」

「あっ……でも、確かに大学時代も授業中、ノート取りながら眉間に皺寄せてたかも……」

「そこが怖そうとか、オーラがどうのとか言われるのよね。人当たり良いのにね」

「……そっか、怖く見えるんだ……」

「特に、後輩から見るとそうらしいわよ」

「それは……ちょっと聞いた気がします……」

（そう、まさについさっき聞いたばかりだよ……）

心の中でそう呟《つぶや》くと、美緒は笹野にもらったチョコレートを一つ頬張《ほおば》った。

「それでも、人気よねぇ」

「夫ですか？」

「そうそう。まぁ、アナタもだから夫婦揃ってね」

「や、やめてください……」

「結婚するって知った人がどれくらい落胆したか知ってる？」

「し、知らないですよぉ……」

「ふふふ。まぁ、そういうことは、知らないほうが良いかもしれないわね。大丈夫よ、ほとんどの人が『ハイスペック同士すぎる！』って諦めたから」

「何ですかその理由……」

「相手もあの櫻井君だからね。勝てないって思ったんでしょ」

「そんな次元の違うお話みたいな言い方……」

「……櫻井さん、アナタ、自分で思ってるよりもずっとファンが多いのよ？」

「ファン……」

「そう、ファン」

「何だかそんな、アイドルみたいに……」

「ほぼアイドルよ？　男性社員なんか、みーんな陰で『美緒ちゃん』って呼んでるんだから。そんなに呼びたいなら、直接呼べば良いのにね？　勇気がないんだからまったく」

ニコニコと笑いながら話すのが逆に怖い。美緒はそう思ったが、口には出さずにまだ残っていたチョコレートを一口で食べ切ると、その言葉と一緒に飲み込んだ。

定時になり、時間を知らせるチャイムが会社中に鳴り響く。

「お疲れ様でした！」

「お疲れ様、また来週ね」

「はい！」

「良い週末を」

「笹野さんも」

「私は仕事が終わったら、旦那とデートなの」

「えっ、良いですね！」

「アナタたちもお互い忙しいかもしれないけど、たまにはお勧めよ」

そういえば、普段は単色でシンプルなネイルをしている笹野が、今日はラメやストーンのついたネイルをしてきていることに気が付いて、美緒は少し羨ましく感じていた。

確かに言われてみればわかる。今日はいつものストレートヘアじゃない。……きっと、デートのために朝巻いてきたのだろう。それに、今まで気にならなかったが、いつもと違う香りがしている。普段は爽やかな柑橘系の香りなのだが、今日は甘酸っぱいベリー系の香りがしていた。鼻をくすぐるこの香りに、今更ながら胸がキュンとする。好き嫌いはあるだろうが、きっと万人受けする香りだろう。同じ女性でこれなのだ、おそらく男性であったら、もっと胸にくるものがあるだろう。

ニッコリと笑ってヒラヒラと手を振る笹野に小さく頭を下げると、美緒は会社を後にした。

(今日は週末だからなぁ。何か美味しいものが食べたいよね。『一週間お疲れさまでした！』みたいな、さ……)

さほど人通りも多くない道を、美緒は考え事をしながら歩く。平日、悠斗の帰りは遅い。だから、家事は美緒が一手に担《にな》っていた。代わりに悠斗は休日の家事を担当しており、現状これで上手く回っていて特に不満もなかった。

（とはいえ、たまにはやっぱり外食とかお惣菜も良いよねぇ）

美緒は家に帰る前にスーパーへ寄ると、今日の晩御飯のメニューを考えながら買い物のカートを押した。この時間のスーパーは人が多く、レジも混雑している。美緒のように仕事帰りに食材や総菜を買っていく人間が多いからだろう。

「あぁーっと、お醤油切らしてた気がする……ソースのメインだもんね、買わなきゃ。……あっ！　やった！　今日ステーキ肉安いじゃん！」

美緒はステーキ肉を二枚手に取ると、カートの中に入れた。以前、一度和風ソースのステーキを作っており、悠斗も気に入った味だ。今回、それをまた作るつもりでいる。

（ユウ君、喜んでくれるかな？　悠斗でできている。

――美緒の考えの中心は、悠斗でできている。

周囲は皆、悠斗と美緒が大学の同窓生であったことは知っていた。が、実は高校から同級生だったのだ。当時から、美緒は悠斗のことが好きだった。美緒がどちらかといえば目立たないキャラで、比較的おとなしい女の子が集まったグループに所属していたのに対し、悠斗は反対に放課後男女そろって遊びに行き、制服も着崩しているようなグループに属していた。

その中で明らかな派手さはなかったが、整った顔立ちで成績も良く、誰にでも分け隔《へだ》てなく接する悠斗は、美緒の中でひときわ輝いて見えていた。……その時のことを、今でも美緒は覚えていた。だからこそ、同じ大学に進むとわかったとき、美緒は悠斗に振り向いてもらえるように、気が付いてもらえるようにと、いわゆる『大学デビュー』を果たしていた。

元々可愛らしい顔立ちで、地味なほうとはいえ人当たりも良かった美緒は、多くの友人に囲まれながら、楽しくも忙しい日々を過ごしていた。そんな中、ずっと想っていた悠斗と偶然同じ授業を取ったことから、二人の運命の歯車が音を立てて動き始めた。

友人としての時間を育み、時に衝突もし、悩みを抱えながら、美緒からの告白で付き合い始めた二人は、無事数年の恋人期間を経て、この度結婚という大きな節目へとゴールインしたのだ。

美緒は、周囲が思うよりも、悠斗が考えるよりも、ずっとずっと悠斗のことが好きだと自負していた。どちらかと言えばクールで感情の起伏が少ない悠斗は、あまり愛情表現を表には出さない。結婚を決めたのだからお互い好き合っているとはわかっているものの、時々不安になることもあった。

普段、外でデートする時に手を繋ぐのは美緒からで、家にいる時に近くへ寄っていくのも美緒、恥ずかしいと思いつつも、抱き締めに行くのも、キスをねだるのも美緒からなのだ。

たまには必要としてほしい。愛されている実感が欲しい――そう思いはするものの、口に出すことは憚《はばか》られていた。もし、普段の温度差が本心から来ていたりしたら……？　そんな不安が心の中にあるからである。自分から付き合ってほしいと言った手前、惚れた弱みがあると美緒は思っていた。……例えその後、悠斗のほうからプロポーズを受けていたとしても。

そう思いつつ、悠斗から美緒を求めることもあった。よく気が付く悠斗は美緒の変化に気付くのも早く、美緒の反応を楽しむように、揶揄《からか》いながら褒めることも多々あったのだ。当然、スキンシップをしたりすることも。ただ、それが美緒の求めている表現ではないというだけで。

――大好きな人と結婚することができただけで幸せ。

多くを望まないよう、心のどこかでブレーキを掛ける美緒は、それでも悠斗のためにと今日も悠斗のことを一番に考えながら過ごしていた。

(ユウ君イチゴ好きだし、今日のデザートはイチゴにしようかな？　……わぁ……久しぶりにお酒コーナー来たけど、このみかんのお酒、濃厚で美味しそう……)

せっかくの週末、美緒は悠斗にゆっくりしてもらいたいと考え、彼の大好きなイチゴと、自分も好きな果実酒を購入した。そしてステーキを食べ、イチゴを摘《つま》み、お酒を飲む悠斗を想像する。

きっと悠斗は、以前と同じように『美味しい』と言ってくれるだろう。そして『いつもありがとう』とも。悠斗は優しいのだ。周囲が思っているほど堅物でもなければ、人に興味がないわけでもない。

――みんなが知らないだけなのだ。会社で振る舞う悠斗の顔と、妻である美緒と一緒にいる時の顔が違うことを。彼はクールなだけではない。それは美緒だけの特権で、美緒しか知ることのない顔なのだから。

(……いけない！　ユウ君のこと考えると、思わず顔がにやけちゃう……)

マスク越しに緩んだ口元を引き締めて、美緒は買い物を再開した。

慣れた手つきで購入品をエコバッグに詰めると、急いで家路へとつく。悠斗がまだ帰ってこないとはいえ、やれること、やらなければならないことは早めに済ませてしまいたい。それが美緒の考えだ。

休みの明日にまとめてやってしまえば良いかもしれないが、担当は悠斗に変わる。自分の仕事を残すつもりはない。それに、早く家事を済ませてしまえば自分の時間もできる。最近、刺繍にハマっていた美緒は、毎日家事を早めに済ませては、空いた時間で少しずつ刺繍を嗜《たしな》んでいた。

「ただいまー！」

誰もいない家に美緒の声が響き渡る。人がいないことはもちろんわかっている。が、それでも挨拶を欠かさないのが美緒だ。

買ってきた食材を手早く冷蔵庫にしまった後、部屋着に着替えて大きく伸びをする。仕事で疲れた身体は硬かったが、もうひと踏ん張りと大きな欠伸《あくび》をしてからダイニングテーブルの木製ボウルに手を伸ばし、中にあった小さなチョコレートを摘《つま》む。

「さぁて。早速始めますか……」

そしてそれを頬張《ほおば》ると、宣言通り外に干していた洗濯物を取り込み始めた。

「虫はついていませんように……」

これでもか！　というくらいパタパタと洗濯物を叩きながら、どんどん部屋の中へと放り込んでいく。一度、冬に『もうこんな時期に虫はいないだろう』とタカを括《くく》ってそのまま取り込んでいたら、蜂が部屋の中に入り込んだことがあった。気が付いたのは畳んでいる時で、刺されなくて本当に良かった、むしろよく刺されなかったなと今でも思っている。悠斗がいたからことなきを得たものの、その場にいたのが自分一人だけだったら……と考えると、今でも怖くなるほどの出来事だった。

それから、季節関係なく洗濯物を取り込む時は、よくよく叩いてからにするようになった。虫嫌いな美緒は、もう経験したくないと思っていたからだ。本当は、明るい時間に取り込んで、しっかりと確認したほうが良いのかもしれない。そう思ってはいたものの、仕事がある日はそういうわけにもいかないのだ。

「やっぱり日に当てると、乾いた時の匂いが違うよねぇ……」

部屋干しもする気はなかった。外で干して充分に日に当てられた洗濯物の、あの独特の匂いが好きだからだ。雨の日は別として、それ以外は特に外に干さない理由もないし、確かに虫は怖いができるだけ洗濯物は外に干したい。

そんなこだわりを持った美緒は、一緒に干していた布団を最後に取り込むと、寝室に運ぶついでにその柔らかな感触と匂いを求めて顔を埋《うず》めた。

「ううう……癒される……良い匂い……」

あまり人には見せられない姿だが、今は自分の家、ここには自分一人しかいない。存分に堪能すると綺麗に布団を整えてリビングへと戻る。

「さてさて。ちょっとだけ掃除機を……」

ハンディクリーナーを手に取ると、埃《ほこり》や髪の毛が気になる部分を掃除し始めた。気付かないようで部屋の角にはよく溜まるものだ。夜のため静音のハンディクリーナーでも稼働させるのは少しにとどめ、換気をしてクリーナーから吐き出された空気が入れ替わるのを待つ。

「よーし、完了！　ご飯の準備しなきゃ！」

ヴーヴヴ――ヴーヴヴ――

「……あっ、ユウ君！」

スマホのバイブが音を立てる。悠斗からの連絡だ。

『今日は十九時には出られそう。週末だからみんな早く帰るって。俺も便乗する！　仕事頼まれても断るし、出る時にまた連絡するから、もう少し待っててね。遅くなってゴメン』

「やった！　遅い……っていっても、今日は早いほうじゃん？　嬉しいなぁ……『はーい。待ってるね』……と……」

忙しい悠斗の帰りはいつもは二十一時を過ぎることもザラだった。十九時に帰れるなんて随分早いじゃないか。思わず美緒の口元が緩んだ。

早く会いたい。一緒に住んでいるのだから毎日会えるが、それでも早く会いたい。できるだけ一緒にいたい。……何たって、悠斗は自分の『最推し』なのだから。

高校の時から、美緒はずっと『悠斗推し』である。ファンというわけではないが、どこか距離があって、最初は一方的な片思いで。現実なのに現実から離れているような、夢を見ているような感覚がまだ拭《ぬぐ》えない。そんな状況も含めて、美緒は自分たちの関係をそう呼んでいた。

推しと結婚できた自分は、最上級に幸せなのだ、とも思っていた。

悠斗の宣言した、十九時を迎えるほぼピッタリの時刻にまた美緒のスマホが鳴った。今度は電話だ。

『もしもし――』

「――もしもし？」

『あ、美緒？　今良かった？』

「うん、ユウ君お疲れ様」

『あぁ、お疲れ』

「もうそろそろ帰れそう？」

『うん、もうすぐ会社を出られそう。何か買っていくものある？』

「ううん、大丈夫だよ」

『そっか、じゃあまっすぐ帰ろうかな』

「うん、気を付けて帰ってきてね」

『はいはい。……あー、お腹空いた』

「今日はね、和風ソースのステーキだよ！　奮発した！　……わけじゃないけど。お肉が安くなってたから買っちゃった」

『おお！　楽しみ！　すぐ帰る！』

「あははっ、気を付けてね？」

『大丈夫！　じゃあ、駅着いたらまた連絡するから』

「はーい」

『それじゃ』

「うん、後でね」

普段は電話での連絡ではないが、今日は早く帰れるから電話なのだろうか。美緒には嬉しいことだった。なぜならば悠斗の声が聞けたからである。毎日律儀に帰宅連絡をくれる悠斗の行動は、料理を作る美緒にとって有難いものであり、かつコミュニケーションを怠《おこた》らないことに対して愛情も感じていた。

……普段の愛情表現が薄いと感じつつも、その中で確かな愛情を探しているのである。

「……よしっ、これでオーケー！　お肉も柔らかくなるやり方見てやったし、ソースも前回のちゃんと再現できたし！　食感も併せて、絶対前回よりも美味しくなってるはず……！　ユウ君、もう帰ってくるかな……」

料理を作っている間に、悠斗からの連絡がきた。そのタイミングからして、そろそろ家に到着するはずだ。

――ガチャリ。

その時、ドアの鍵が開けられる音がした。

「――ただいまー！」

「あっ！　お帰りなさい！」

パタパタと急ぎ足で玄関へと向かう。まるで父親の帰りを待っていた子どものように、美緒の顔は笑みで輝いていた。

「おかえりユウ君！」

「ただいま美緒。……おっと」

はしゃぐように抱きつく美緒を抱きとめ、悠斗は優しい笑顔でゆっくりと美緒の頭を撫でた。

「……ただいま」

「んんー……おかえりぃ……」

グリグリと悠斗の胸元に顔を押し付け、甘えたような声で返事をする。――今、悠斗に接している美緒は、会社で仕事をする美緒とは違う。それは、悠斗も同じだった。

「ほら、リビング行くよ？　俺、まだ手も洗ってないし」

「……はぁい」

上目遣いでチラリ、と悠斗を見る。やれやれ、といったような顔をすると、悠斗はゆっくりと美緒に口づけた。

「……んっ……」

「……続きは後で、ね？」

そう言ってもう一度キスをすると、美緒をリビングへと促した。

「わっ！　電話の通りじゃん！　俺これ好きだから嬉しい！」

「えへへ、良かったぁ。良いお肉も買えたから、ソースも失敗しないように頑張ったんだよ？」

「早く食べよう！」

悠斗が手を洗い、着替えをしてリビングへと戻る間、食事の準備を整えてダイニングテーブルへと並べる。温かい食事を悠斗に食べさせたい。そう思っている美緒は、できるだけ悠斗の帰りに合わせて食事の準備を行《おこな》っていた。毎回今日のようにピッタリ合うわけではないが、冷めていたら再び火を入れたり、最後の仕上げは悠斗が家に着いてから行うようにしている。

「それじゃあ、食べよっか？」

「うん、いただきます！」

「いただきます」

向かい合わせに座ると、丁寧に手を合わせた。

「あれ、このドレッシング新しいやつ？」

「そうそう。この間、福袋みたいなの買ったら入ってたんだけど。にんじんのドレッシングなんだって」

「へぇ、すりおろしっぽいね。初めて食べるや」

「良い匂いすると思わない？」

「何か美味しそう。先に使って良い？」

「どうぞどうぞ」

綺麗なオレンジ色のドレッシングをサラダにかけ、野菜を口に頬張る悠斗の顔が綻《ほころ》ぶ。

「……んんっ……。これ美味しいね！」

「ホント？　私も食べよ」

どうやら、先日購入したこのドレッシングは、大当たりだったらしい。悠斗も美緒も『美味しい』と言いながらあっという間に野菜を平らげた。

「……ステーキ、めちゃめちゃ柔らかくない？」

「でしょ⁉　あのね、この間テレビでやってた、低温調理っていうのに挑戦してみたの！」

「肉汁たっぷりだし、すごい柔らかい。お店で食べるのよりも、下手したら美味しいんじゃない？」

「良かった！　作った甲斐があるよ！」

スッとナイフの入る牛肉は、切ると中から肉汁が溢《あふ》れた。引っ掛かりなく歯で噛み切れ、噛む度に肉の旨味が染み出してくる。

「ソースも美味しいよ。やっぱり、ステーキにこのソース合うなぁ。……美緒は料理上手だね」

ニコニコと自分の作ったソースを褒める悠斗に、思わず顔が赤くなる。褒められるということは何度あっても嬉しいが、何度あっても慣れないものだ。

「いやー、それほどでも」

照れ隠しに誤魔化すと、美緒もどんどんとお肉を口へ運んでいった。

「――ごちそうさまでした」

「ごちそうさまでした！　あー、美味しかった！」

「おそまつさまでした」

「あ、洗い物俺やるから。美緒、先お風呂入ってきたら？」

「良いの？　疲れたでしょ？」

「良いよ良いよそれくらい。……あ。明日休みだし、一緒に入る？」

「えっ……た、たまには……入る……？」

「じゃあ、決定。洗い物終わったらすぐに行くから、先に入ってて」

「うん、わかった」

悠斗の申し出を受け入れると、着替えを持ってバスルームへと向かう。まさか、一緒に入るかと問われるとは思っていなかった。が、そういえば最近は一緒に入っていなかったことを思い出し、思わず顔が綻《ほころ》んだ。誰か知り合いに今の顔を見られたら、『ニヤニヤして気持ち悪い』なんて言われてしまうかもしれない。こういうのを『浮かれている』と言うのだろう。

（……先に入ってて、って言われたけど、いざ一緒に入るってなると妙に緊張しちゃうな……）

まだ築年数の浅いこのマンションは、綺麗でそれなりに広いお風呂を備えていた。大人が二人で湯船に浸かっても、そこまでの狭さを感じない。水回りは清潔で綺麗なまま保ちたい、その考えが二人の間で一致していることもあり、お風呂やキッチンを始めとした水回りは掃除の回数も多く、家の中でも特に清潔さを保っていた。

脱衣所で着ていた服を脱ぐと、バスタオルの準備を二人分して浴室へと入る。扉を開けた時に抜ける白い空気が、独特の水の匂いを運んで来た。入浴剤は今回特に入れていない。特に疲れた日、何か格別に良いことがあった日のために、楽しみはとってある。

シャワーで軽く身体を流すと、まだ来ない悠斗を待つために先に髪の毛と身体を洗う。その間に入ってきたらどうしようか、と一瞬考えたが、おそらくまだ来ないだろうと判断した結果だ。いつものように好きなシャンプーの香りに包まれながら、もったりとした柔らかくも弾力のあるボディソープの泡に身体をくぐらせる。一日のすべてをリセットできる気がして、美緒はこのバスタイムが大好きだった。普段はゆっくりと一人でその時間を堪能するが、今日は違う。

コンコン――

「……美緒？　入っても大丈夫か？」

浴室のドアの向こうから、悠斗の声が聞こえた。

「あっ、ちょっと待って！」

美緒は慌てて全身に残った泡を流すと、湯舟へと浸かる。

「大丈夫だよ！」

「じゃあ、入るな」

ゴソゴソと音が聞こえる。きっと、悠斗が服を脱ぐ音だろう。少し経って、浴室のドアがゆっくりと開いた。

「あ、先に洗った？」

「うん。タイミングがわかんなかったから、先に洗っちゃった」

「ごめん、ついでに排水部分のゴミ受けるやつ、洗ってたからさ。遅くなっちゃったかも」

「全然。大丈夫！」

「あー……俺も中に入って良い？」

「え？　良いよ？」

悠斗はさっと身体をシャワーで流すと、浴槽の端に移動した美緒の隣へと座った。

「お湯、増えたな」

「そりゃあ、大人が一人増えてるんだもん」

「わかってるけど、思ったより増えた。……俺、太ったかな？」

「そんなことないと思うけど？」

「ヤバいな、気を付けなきゃ。……誰かさんのご飯が美味しいから。つい食べ過ぎちゃう気がする」

「えぇ⁉　もしかして私が原因⁉」

「……冗談だよ。でも、今日のご飯も相変わらず美味しかった。いつもありがと」

「いえいえ、それほどでも」

浴室に反響する二人の声。不意に身体を動かすと、浴槽に張られた水がチャポン、と音を立てた。

「……」

「……」

無言の時が続く。急に恥ずかしくなり、美緒は何も言えないでいた。

「あ……俺、洗おうかな？」

「え、あっ、うん！」

ゆっくり入ろうかと思っていたが、悠斗は長い時間湯船に浸かることもなく、そそくさと洗い始めた。いつも使っている悠斗のシャンプーの香りが浴室に広がる。

「新しいシャンプー買わないとなぁ。なくなりそう」

「それ、気に入ってるんだっけ？」

「うん、結構ね。軋《きし》まないし、匂いも良いし？」

「……ふふっ。ユウ君、女の子みたいなこと言ってる」

「そうかな？　みんなそんなもんじゃない？　やっぱりさ、人前に出る立場だし、匂いとか見た目とか気になるわけですよ」

「うーん、そっか……。それもそうだよね」

「あ、ドラッグストア行きたいから、付き合って？」

「もちろん良いよ。……そうだ、時間があったら、新しくできたカフェに寄りたいんだけど……」

「そのカフェどこ？　近くにドラッグストアあるなら、そこ目指していけば良いね」

他愛ない会話が広がる。身体を洗い終わった悠斗が再度湯船に浸かるも『暑い気がする……』と顔を真っ赤にして先に脱衣所へと出る。お風呂に入るのは好きなのに、なぜだかすぐに暑がって浴槽から出る悠斗を、美緒はくすりと笑って見送った。

（へへ……新しいヘアオイル、試しちゃおっかな？）

以前ドラッグストアに行った時、悠斗が好きだと言った蜂蜜レモンの香りのヘアオイルを、美緒はこっそり購入していた。何でも悠斗の気に入ったものを取り入れる美緒にとって、これも例外ではなかった。

（どうせなら、ユウ君に気に入ってもらいたいし？　……良い匂いって言われたいよね）

美緒も気に入った蜂蜜レモンの香りに囲まれながら、悠斗がきっとこの匂いに気付いてくれるようオイルを丁寧に髪に染みこませると、一足先に爽やかで甘い美味しそうな香りを堪能していた。

「ユウ君、暑いの落ち着いた？」

「おかえり……って、あれ？」

「ん？　どうかした？」

「いや……何かこう、良い匂いがするなと思って。嗅いだことがある気もするんだけど……。……おかしいな、シャンプー変えた？」

「わっ……ユウ君すごいね。ヘアオイル新しいやつ買ってみたの。……前にユウ君が、『この匂い好き！』って言っていたやつなんだけど……」

「だからか！　どこで嗅いだのか思い出せなかったけど、うん、俺の好きなやつ。……覚えてたの？　美緒」

「……うん」

「……もしかして、俺のため？」

「……う……うん……」

ハッキリと自分の心の中を口に出され、美緒は恥ずかしそうに俯《うつむ》いた。悠斗のためにこのヘアオイルを買ったものの、本人に直接言われると気恥ずかしい。

「……はい、こっち座って？」

ニコリと笑い悠斗は美緒の手を取る。そのままソファへと誘い、自分が先に座ると膝の間へ美緒を座らせた。

「ゆ、ユウ君？　寝なくて良いの？」

「まだ良いの。……良い匂いしてる美緒が目の前にいるのに、勿体ないじゃん？」

「えっ……ええっ……」

「……この匂い、やっぱり好きだわ。……美緒がつけてると余計に良い匂いがする」

「ちょっ……へ、変な言い方しないでよ……」

「どうして？　めちゃめちゃ良い匂いしてるよ？」

悠斗は美緒の髪の毛を少し指に絡めると、クンクンと匂いを嗅ぐ。

「やっ、ちょっ、匂い嗅がないでよぉ……」

「俺のためになんでしょ？　俺が匂い嗅がなきゃ」

「そう、なんだけと……うぅ……恥ずかしいんですけど……」

「美緒は気にしなくていいの」

「何だか変なニオイしてるみたいじゃん……」

「全然？　ヘアオイルと、美緒の良い匂いがする」

「私の匂いって……」

「良い匂いだよ？　何かこう、甘い感じがする」

髪の毛だけでなく、悠斗は首筋へと顔を移す。そしてまた、クンクンと匂いを嗅ぐ仕草をした。

「ちょっ……まっ……」

「……え？」

「……っ……んんっ……」

思わず身体を引いた美緒の首筋に、悠斗は自分の唇を押し付けると、ペロリと舌で撫でた。

「待って待って……」

「美味しそうだったから、つい」

「ううう……」

「デザートなら良い？」

「デ、デザートならイチゴあるから！　ある！　イチゴ！」

「イチゴも良いけど、それよりも美緒のほうが良いかなぁ？　そっちのほうが美味しそうじゃない？」

「えぇっ!?　すぐに！　切るから！　デザート！　食べよ！」

「……ふふっ。そんなに照れるの？　可愛い」

「もう！　遊ばないでよ……」

「ゴメンゴメン。じゃあ、イチゴ食べよっか」

「……切ってくるから、待っててね？」

少し不貞腐れたように口を真一文字に結ぶと、キッチンへと向かった。本当に怒っているわけではないと理解しているのか、悠斗はそんな美緒を嬉しそうに優しい表情で見つめていた。

「……あ！　ゴメン、美緒」

「どうしたの？」

「後輩に一通メール返さなきゃいけないから、ちょっとやってきても良い？」

「うん、良いよ？」

「食べたら寝ててくれて構わないから」

「でも……」

「気にしなくて良いよ、遅くなっちゃうかもしれないしね？」

「はぁい……」

洗ってヘタを落としたイチゴを二つの器に盛りつけると、一つを悠斗の元へと運んだ。そして自分はリビングで手早く食べると、ソファへと座る。

「……うぅ……」

美緒は一人になったソファの上に寝転がると、何か言いたげにクッションに顔を埋《うず》めた。

「あぁもう……。可愛いのはユウ君のほうなんだもん……」

うつ伏せでジタバタと足を動かし、今起こったことを頭の中で反芻《はんすう》する。ためらいもなく、こんなことをするのが悠斗なのだ。この姿を、発言を、挙動を、誰が想像できようか。

「照れる、照れるけど嬉しい……！　複雑……！」

悠斗のこのじゃれあいは、今に始まったことではない。付き合った当初から、美緒の前ではこのままだった。

髪型を変えれば必ず『可愛い』『似合う』と言い、新しい服にも気が付く。リップの色を変えれば『キスがしたくなる』と恥ずかしげもなく言い放ち、『心配だから』と都合が合えば出先に迎えにも来てくれる。料理を作れば褒めてくれるし、その他細かいことを挙げればキリがないくらい、悠斗は美緒のことを思っていた。

だから美緒も『自分の好きな人により好きになってもらいたい』『誰かに自慢できるような人間でいたい』と努力を怠《おこた》らなかった。

「……すごいなぁ、やっぱり気付くんだ……。ユウ君の好きな匂いのやつにして良かった……」

胸が疼《うず》く。くすぐったくて、顔が熱い。ニヤニヤと口元が緩むのを止めることもできない。

「ユウ君……会社では、後輩に恐れられてるのになぁ……。誰もこんな姿、思い浮かばない……よね？」

少しの優越感。『自分しか知らない』という事実が、美緒の心をくすぐり続けていた。

「はぁ……私のこんな姿、ユウ君にも会社の人にも見せらんないよ……」

スルスルと肌触りの良いソファカバーに足を滑らせ、疲れた身体をクッションとソファに委《ゆだ》ねる。

そして、頭を起こすためにテレビをつけた。週の仕事の最終日、いつものことではあるがすごく疲れるのだ。正確には、『忘れていた疲れが押し寄せてくる』だったが。この日だけは『もう明日は休みなのだから』と、心も身体も油断するのか、気怠《けだる》さから眠たくなることが早かった。まだ今日という時間は残されているのに、身体と脳みそは早々に切り上げようとしている。

「うう……」

声に出すこともせず、美緒は『もう眠たい』『でも、ユウ君を待っていなきゃ』『何だか目を休めたい』『ううん、続きは後って……ユウ君が言ってた……』と、心の中で一人会話をしている。起きていなければという気持ちは強く、そのために頭の中では大きな声で話しているつもりだった。……それでも、睡魔に襲われた身体は正直で、ゆっくりと力が抜けていった。

時間の感覚はわからない。時々聞こえるテレビの音が、辛うじて眠りかけの頭を現実に呼び戻す。

だがそれも長くは続かない。

「……」

「……美緒？」

もう完全に落ちる。誰かがその場にいたらきっと、そう思ったであろうその時。

「……ん……」

戻った悠斗が美緒に声を掛けた。

「あ、ゴメン。寝てたね」

「ん……んんぅ……だい、じょうぶ……」

「うそうそ。寝てたでしょ。遅くなっちゃったね、ゴメンね？」

「……ううん……ふぁ……」

「ホラ、欠伸《あくび》してる。歯磨いて、ベッド行こう？」

「……うん」

悠斗はゆっくりと美緒の身体を起こすと、その手を引いて一緒に洗面所へと向かい、揃って歯を磨いた。

「ふぅ……あ……」

「……くくっ……またそんな、大きな欠伸《あくび》して……」

「明日お休みだと思ったら、気が抜けちゃって」

「気持ちわかるよ。俺もそう」

「眠たいって強いよね」

「それね。睡魔には勝てない」

「ゴメン……ちゃんと起きてようと思って、テレビもつけたんだけど……」

「別に良いよ？　美緒の可愛い寝顔も見られたことだし？」

「や、やだもう……」

「ま、俺のほうが遅く寝る時と、早く起きる時は毎回見てるんだけどね」

「……そういうの、余計恥ずかしいんですけど……」

「え？　そう？」

「口元が笑ってるよ、ユウ君……わざとでしょ……」

「……ばれた？」

「もう！」

「いや、でも、可愛いのは事実だから。あと、見てるのも」

「……変態！」

こんなことは日常茶飯事だ。恥ずかしくなると美緒は、いつもそっぽを向いて悠斗から離れていた。……ただの照れ隠しだ。何か言い返すことも、恥ずかしくてできない。だからといって『可愛い』と言われたことに対して肯定もできないでいた。

そんな美緒に対し、悠斗はいつも同じ反応をする。恥ずかしがってはいるものの、怒ってはいないはず。そう考えている悠斗は、美緒の後を追いかける。

「……美緒？」

「……」

いつの間にか布団に潜り込んでいた美緒に声を掛ける。当の美緒は布団の中に潜り込み、悠斗に背中を向ける形で目を閉じていた。しっかりと、悠斗の入れるスペースを隣に残して。

悠斗は部屋の明かりを消して自分も布団へと入ると、背中から美緒を抱き締めた。

「……可愛い」

「……べ、別に可愛くないし……」

「可愛いよ？　一番。俺の中では誰よりも」

「……そんなことないし」

「……うーん。美緒、自分が人気あるのわかってる？」

「……え？」

「会社でね。付き合ってる間も、結婚してからも、『美緒ちゃん可愛い』とか『付き合ってくれないかな』とか、『一緒にご飯行ってくれないかな』とか周りが言ってるからね。……俺の奥さんを気安く『美緒ちゃん』なんて呼んでほしくないんだけどね」

「そ、それはユウ君も一緒だよ……？」

「え、俺？」

「うん……。今日、給湯室のところで聞いちゃったんだよね。『カッコイイ』とか『彼女になりたい！』とか、新人の子たちが言ってるの」

「それ、ホントに俺の話？」

「そうだよ！　……その場にシステム部の新人の男の子がいて、その子が喋《しゃべ》ってるの聞いたら、間違いなくユウ君の話だったもん」

「はぁ……俺もそんな風に言われてるんだ」

「らしいよ。今日、笹野さん……奥さんのほうね？　にも言われたんだけど。ファンクラブがあるとか何とか……」

「ふっ……ふふっ……！　何だそれ。変なの」

「おかしいよね⁉」

「まぁ、でも、美緒のほうはわからんでもないな。自分で気が付いてないだけで、システム部でも結構よく聞くからね。……みんな、旦那の俺がいるのに、よくもまぁあんなにあけすけに話すなと思うけど」

美緒は驚いた。悠斗も自分と同じように、全く知らないと思っていたからだ。思わず回されていた悠斗の腕を外し、目線が合うように身体を動かす。そして、甘えるように悠斗の胸に顔を埋《うず》めた。

「……知らなかったの、私だけ？」

「ファンクラブの話と、俺も何か言われてるのは知らなかったよ。美緒の話は知ってた。……変に意識されたくないから、黙ってたけど」

「……ちょっとくらい教えてほしかったよ？」

「美緒は俺のなんだから、そんなこと気にしなくて良いの」

（うあぁ……何それ照れる……！）

美緒は緩む口元を抑えるために、真一文字に唇を結んだが、ピクピクと反応している。悠斗といえば、『当然のことでしょ？』とでも言うように、真顔から表情を崩していない。実はこの時、悠斗は心の底からそう思っていたが、美緒はまた揶揄《からか》われていると捉えていた。

「もしかしたら、他にも変な話出てきちゃうのかな……？」

「可能性はあるかもね。ま、無視して良いと思うけど。……あ、でも、誘いには乗るなよ？　あわよくば狙ってそうな人たちも多そうだし」

「わかってるよ……。……ユウ君もね？」

「はいはい、わかってる」

「……ユウ君優しいから、困ってたら一緒にご飯とか行っちゃいそうだし」

「それは美緒のほうだと思うけど？　俺以外について行かないように。良いね？」

「……わかってるもん……」

「もしついて行ったら……俺のだってわかるまで……どうしてあげようかな？」

「ユウ君だって私のだもん！」

「俺はついて行かないよ？　美緒一筋だけど？」

「同じ！　私も！　むしろ私のほうが好きだし！　絶対！」

「俺の気持ち、わかってないなぁ。……まぁ良いや。そういうことにしといてあげる」

「えぇ……何それぇ……」

「別に？　……ところで美緒」

「何？」

「目、覚めてきた？」

「……あ、う、うん。ちょっと、ね」

「じゃあ、さっきの続き」

「……え？」

「こっち、向いて？」

悠斗の言葉に美緒は顔を上げる。暗闇に慣れた目には、しっかりと悠斗の顔が映っていた。もちろん、悠斗の日には美緒の顔が映っている。

「……ん……」

ニコリと微笑むと、悠斗は美緒にキスをした。

「ん……」

「……ね？　ホラ、可愛い」

「……もう！」

（だから……！　恥ずかしいの……！）

口にしては悠斗の思うツボだ。そう思う美緒は決して口には出さない。なぜならば、そんな台詞を吐いた美緒に向かって、悠斗はまた『可愛い』と言うからだ。そんなことを言われたら、その言葉に対してまた照れてしまう。美緒はまた、悠斗の胸に顔を埋《うず》めた。

「ダメだよ、美緒」

「ユウく……んん……っ……」

「……こうしたら、こっち見てくれる？」

「あ……まっ……ん……っ！」

悠斗の手が、美緒のパジャマの中にするりと入り込む。

「スベスベで気持ち良いよ、美緒の肌」

「やっ……ちょ……ん……んぅ……んんっ……ふ……ぅ……」

耳元で囁《ささや》くと、悠斗はすぐに美緒の唇を自分の唇で塞《ふさ》いだ。そして、ゆっくりと舌を唇に這《は》わせると、そのまま口の中へと入れて美緒の舌を蹂躙《じゅうりん》する。

「ん……う……っ……ふぅ……ぅ……」

お互いに舌を絡めると、吸い付くような音と唾液の混ざる音が寝室に響いた。

「……んぅ……！」

パジャマに入り込んだ悠斗の手は美緒の肌をそのまま堪能していた。てのひら全体で撫でるように、時には指先でくすぐるように、美緒に刺激を与える。その手は背中、胸元、お腹、太ももと、反応を楽しむように一箇所にはとどまらず移動していた。

「ぅあ……っ……！　ぁ……ゆ……ゆう、くん……」

「……美緒の反応が可愛いからさ。背中、気持ち良い？」

「あぁっ……！」

「うん、気持ち良いね？　俺も、触ってて気持ち良いよ？」

「ふぅ……ん……っ……んんぅ……あっ……ぁ……」

「……ふふっ。太ももスベスベ。ずっと触っていたいくらい」

「うぅ……や、だ、よぅ……」

「どうして？　美緒だって、触れるのは気持ち良いでしょう？　それなら、ずっと触ってても良いんじゃない？」

悠斗の指の動きに合わせて、美緒の身体が跳ねる。この反応を見れば、誰もが『気持ち良いんだろう』と、そう思うだろう。実際、『気持ち良い？』の台詞に対して、反論することはできなかった。悠斗に撫でられるだけで気持ち良いのは、間違いなかったからだ。

「……このまま、シても良い？」

美緒は悠斗の顔を見ないまま、コクリと頷《うなず》いた。

「眠いかな？　って思ったから。……良かった」

「……ユウ君」

指の動きが止まった隙をついて、美緒は悠斗の顔を見る。そして少しだけ口を開いた状態で、悠斗にキスをした。

「ん……」

「……」

「……ふ……ぅ……ん……んん……っ……」

指の動きが再開するのと同時に、悠斗の舌が美緒の口に滑り込む。優しく、時に激しいキスに、美緒の心臓の鼓動は速くなった。

不思議と、何度キスをしても胸はときめき、何度でもキスをしたくなった。不意にキスをしても、悠斗はそっといつもそれを受け止めてくれる、そんな安心感があったからかもしれない。

「美緒、ホントにキスするの好きだね？」

「……ユウ君とするのが好きなんだもん」

「……もう一回言って？」

「……やだ」

「何で？」

「何でも！」

「……まぁ良いや。俺も好きだし」

ピクリ、と美緒の身体が動いた。悠斗の指先がショーツをなぞったからだ。

「……っ」

悠斗の指は、優しくショーツの上から美緒の肌を撫でると、美緒の一番弱い場所を爪の先で弾くように撫でた。

「んっ……！」

何も言わないまま、悠斗は何度も弾いた。優しいその指使いは、美緒の心臓の音をより速くさせた。

「ふぅぅ……」

布団を握る美緒の手に力が入る。美緒の弱い場所、クリトリスを撫でる悠斗の指が段々と強く、そして早く動くように変わったからだった。爪の先がいつの間にか指の腹になり、ショーツの上から外すことなく刺激してきている。強くもなく、決して弱くもないその力加減は、美緒の呼吸を荒くさせ、堪《こら》えた声を出させるのには十分だった。

「あっ……あっ……」

「……美緒、ココ触られるの好きだもんね？」

「んぅ……っ……」

「いっぱいしてほしい？」

返事はしない――恥ずかしくて返事ができない。今まで、何度同じことを聞かれただろうか。その度、否定できずにイッてしまう。間違いなく、気持ち良かった。ただ刺激されているからではない。大好きな悠斗に、まるで言葉攻めのような台詞を囁《ささや》かれながら、気持ち良い場所を触られるのがたまらないのだ。

何も言わない美緒を、悠斗はそのまま刺激する。

「うぅ……っ……あ……っ……」

悠斗はクリトリスを撫で続ける。しばらくすると、美緒は掴《つか》んでいた布団から片方の手を離し、空いていた悠斗の手を握った。

「……身体がビクビクしてる。もうすぐイッちゃいそう？」

「……ふぅ……ぁ……」

「……それとも、気持ち良くない？」

その問いに、美緒は思わず首を振った。

「そっか、良かった」

そう言って、悠斗は指の動きを少しだけ速くする。そうすると、美緒の悠斗の手を握る力も強くなった。呼吸も荒くなり、力の入った手も震えている。手だけではない。身体全体が、何かを我慢するように力が込められ、足や指の先が動いてはシーツが擦《こす》れる音を何度も鳴らしていた。

「そろそろイキそう？　良いよ、イッても」

「んぁ……っ……あぁ……っ……」

「ホラ。……イキなよ、美緒」

「あぁぁ……っ……！」

悠斗の指と耳元で響く声に導かれるように、美緒は快楽に身を委《ゆだ》ねて果てた。

ビクビクと大きく身体をのけ反らせ、はぁはぁと荒く息を吐く。絶頂を迎えた後の身体は、美緒の意志とは別にプルプルと身体を震わせた。

「……気持ち良かった？」

「うぅ……」

耳元で囁《ささや》く声に、言葉で返事をすることができない。代わりに、小さく二度頷《うなず》いた。

「そっか。……じゃあ、もう一回」

「え……？」

まだ余韻の残る美緒をよそに、悠斗は布団の中へと潜り込む。そして、パジャマのズボンとショーツを脱がせると、イッたばかりの身体を再度刺激し始めた。

「ん――んぅ――！」

まだ身体は落ち着いていない。先ほどまではショーツ越しに刺激していたのに、今回は指の腹で直接クリトリスに触れていた。上下に円を描くように擦《こす》り、そして突くように刺激を与える。

「あっ……あっ……あ……ぁ……」

そして、敏感になっているソレにゆっくりと息を吹きかけると、舌先で愛撫を始めた。

「ひっ……あっ……まっ……あぁ……っ……！」

おそらく『待って』と言いたいのだろう。しかし、その言葉は悠斗には届かない。舌を這《は》わせ、唾液で濡らすと、何度も何度も美緒の弱い部分を攻め立てた。

「う……うぅ……ぁ……」

「……美緒、これ好きだもんね？」

クリトリスから唇を離した悠斗は、布団から顔を出して美緒に話しかけた。そしてまたすぐに布団の中へと戻る。

「……？　――あ――」

またクリトリスに舌先が触れると同時に、ゆっくりと秘部に指が入る。その指は中へ自分を押し付けるようにして進むと、奥のほうを刺激した。

「んんっ……んっ……」

（ダメ……ダメっ……！！）

身体はイッたばかりなのに、また次の絶頂を迎えようとしていた。中と外から気持ち良い部分を擦《こす》られ、今、美緒はほぼ強制的にイカされようとしていた。

「い……っ……ぅ……あっ……」

「……」

悠斗の舌使いと指の動く速度が速くなる。舌先で舐めていたのが、いつの間にか舌全体で覆うように舐めている。唇は、クリトリスを吸うようにして離さない。その裏側を刺激するかの如《ごと》く、一本から二本に増えた指は、決まった場所を何度も何度も不規則な動きで擦《こす》っていた。

「はっ……はっ……だっ……あっ……。っ――ん――！」

身体が絶頂するのを、止めることはできない。既に一度絶頂を迎え快楽に身を委《ゆだ》ねていた美緒は、悠斗の舌と指によって、呆気なく二度目の絶頂を迎えた。

「はぁ……はぁ……はぁ……」

布団から出てきた悠斗は、美緒の髪を撫でキスをした。

「……ねぇ美緒、挿《い》れても良い？」

「……うん」

美緒の返事を聞いて、悠斗は既に大きくなっていた自分のモノを取り出すと、ゆっくりと美緒の中へと挿《い》れた。

結婚してから、避妊することはやめた。元々子どもが好きな二人は、結婚したらいつできても構わないね、と、意見が一致したからだ。すぐにできるとは限らない。こればかりは神様に任せながら、自分たちはソレを待つことにした。

「……んんぅ……」

「大丈夫？」

「う、うん……大丈夫……」

「ごめんね？　眠たいのに……」

「そんなの……良いの」

「……あー……美緒の中すごい……。二回イッたから？　もうトロトロなんだけど」

「うっ……い、言わないでよそんなこと――んんっ……」

「どうして？　気持ち良いから教えてあげようと思って」

「――っ！　あっ……いっ……いらないもん……そんなの……っぅ……」

正常位を選んだ悠斗の顔が見える。暗さに慣れた今、目を開けばその目の前にある悠斗の顔がよく見えた。その瞳はまっすぐ美緒を捉えている。恥ずかしい気持ちから、美緒は慌てて目を閉じた。

（あの表情……気が付いてるのかな……）

美緒が好きな悠斗の表情。それは、正常位の時に少し離れた位置から見上げると見える、悠斗の優越感に浸ったような、満足気な表情だ。少しだけ口角が上がり、やや細めた目。それはまるで、『悠斗が美緒を征服し、悦に入っている』ようにも見え、程度はわからなくともMだと自覚している美緒にとっては、たまらない表情だった。

いつもこの表情をするわけではない。ふとした瞬間、たまたま見られるモノだった。だからこそ、美緒はこの表情を見ると、胸がキュッと締め付けられて、心がくすぐられるような、甘酸っぱい感覚に襲われていた。

こんな顔、誰も知らないだろう。いいや、知っていたら困る。それに嫌だ。仕事をしている悠斗からは、想像できない表情。自分が悠斗に堕《お》ちていくのがわかる。彼のこの表情をもっと見たい。もっとこの表情を向けてほしい。

「……どうかした?」

「う、ううん……何でもない……」

「……ふーん……なら良いけど」

「……っ……く……ぅ……」

「わかる?　奥まで当たってるの」

「う……うぅ……」

上手く言葉にならず、また恥ずかしさもあり美緒は目を瞑《つむ》りながらコクコクと頷いた。

「ココね、コリコリしてるの。……何度も押したら気持ち良いかなぁ?」

「ふぁ……っ……んんぅ……ぁ……」

「それとも、押し付けたまま、奥に押すほうが良い？」

「んっ……う……っ……」

はぁはぁと漏れる声に息が混じる。嫌いではない。が、何とも表現しがたいこの感覚。美緒は、どちらであるとも返事はしなかった――正確には『返事ができなかった』と言うべきかもしれない。

悠斗の言う『コリコリしている』場所を何度押されても、グリグリと押し付けられても、言葉にならない声が漏れる。気持ち良いのか、そう問われると、『そうです』と答えることは難しかった。痛いわけではない。それに、全く気持ち良くないかと聞かれると、そうでもない。しかし、気持ち良いとは言い切れない。……一つ言えるとするならば、『何かに無性にしがみつきたい』だった。

漏れ出る声をそのままに、美緒は素直に悠斗へと手を伸ばす。美緒のしたいことがわかった悠斗は、自分の身体を美緒のほうへと寄せ、伸ばした腕を自分に絡ませた。

「どうかした？」

しっかりと腕を絡ませ、美緒は自分の顔を悠斗の首元へと埋《うず》める。そして、左右に首を振った。

ギシリと音を立ててベッドが沈む。悠斗は美緒を髪に指を絡ませ、顔を浮かせるとペロリとその首筋を舐めた。

「ふぅぅ……」

「面白いくらいに弱いよね、ココ」

「き……気のせいだもん……！」

「気のせい？　……そっか、じゃあ平気なんだよね」

「うっ……ひぁっ……！」

「……」

「……ん……ぁ……」

その顔が見えないからだろうか。意地悪そうな笑みを浮かべて、悠斗は首筋に舌を這わせている。我慢できずに漏れる声をすぐ近くで聞きながら、楽しそうに。

「ぅ……ぁ……んっ……！　ぁあ……っ……」

悠斗は少しの間だけ身体を動かすことをやめていた。しかし、首への刺激を堪《こら》えきれずに、しがみつく場所を探すかのように指を動かす美緒の姿に耐え切れなかったのか、すぐに貪《むさぼ》るように美緒の身体を求めた。

悠斗の動きに合わせるかのようにピクピクと動く美緒の指先は、まるで『もっと、もっと』と求められているようにも思え、それに応《こた》えるかのように更に奥へ奥へと自分のモノを押し進めていく。

「ゆ……ゆ、う……く……っ……ん……」

「……っ……ごめ……美緒、痛かった？」

「ちがっ……」

「ゴメン、夢中になっちゃった……」

「だ、大丈夫……その……えっと……」

「どうしたの？」

「あの、ゆ、ユウ君も、気持ち良いのかな……って……」

「……気持ち良くないわけないじゃん？　美緒の中、こんなになってるのに」

「うっ……」

「……ふふっ。美緒が俺に聞いたのに、美緒が照れるんだ」

「だ、だって……」

「……美緒としてるんだよ？　気持ち良くないなんて、有り得ないと思うんだけどな？」

「も、もう良いです……」

「どうして？　遠慮しなくて良いのに。聞きたいんでしょ？」

「ふぅぅ………！」

「……くくっ……。ゴメンゴメン。ちょっとだけ揶揄《からか》ってみたくなったの」

「もう……」

「……でもさ、美緒だってわかってるでしょ？」

「……え？」

「聞かなくたって、知ってるくせに」

耳元でそう囁《ささや》くと、悠斗は身体を起こしてまた美緒を見下ろす姿勢を取る。そして、美緒のクリトリスに指を伸ばすと、指の腹でクリトリスを刺激し始めた。

「中に入れながら、ココ触るの、美緒大好きだもんね？」

「あぁぁ……っ……」

「気持ち良いね？　言わなくても良くわかるよ？　キュウキュウ締まるから俺も気持ち良い」

「あぁ……っ……んっ……んっ……」

「我慢せずに、イキたくなったらイッて良いからね？」

「んん……あ……っ……ぅ……」

「俺、美緒のイク顔もっと見たいもん」

悠斗の言葉に、美緒は思わず首を振った。——恥ずかしい。率直な意見はそれだった。だが、美緒が恥ずかしがるような言葉を選んで、悠斗はわざと投げかけている。その恥ずかしがる姿も、悠斗にとっては愛おしい姿だった。

「……ぅ……はっ……あっ……うぅ……ぅ……っ」

「……あぁ、すごいね。さっきより中がキュってなってる。……あー……ホント、可愛い……」

「ふっ……うぅ……あ……っ……」

悠斗の指も、その腰の動きも止まらない。美緒が絶頂を迎えようとしている今、悠斗は嬉しそうにただ刺激を与え続けていた。

「だ……っ……だ、め……ぇ……っ……」

「……」

「……っ……ぅ……」

荒くなる息遣いに、力の入る指先。身体が絶頂を迎えようとして、片方の手の指先は何度もシーツを掴《つか》み、もう片方の手で悠斗の手を探した。お互いの指先が当たり、握り返されたその手を愛おしそうに撫でると、とっくに我慢しきれなくなった刺激に身を委《ゆだ》ねる。時々呼吸が止まったかのように身体を震わせると、今度は小さく何かを我慢するように唸《うな》る。それを何度か繰り返したかと思うと、美緒はぎゅっと今まで以上に指先に力を込めた。

「あっあっ……ふ……ぁ……っ……ぅ……んんん——っ！」

「……」

「あああ——！　あっ……あぁ……っ……！」

この姿を見ても、悠斗は攻めることを止めなかった。ビクビクと跳ねる背中。何度も腰をのけ反《ぞ》らせ、美緒が絶頂するのをその目で見ている。ピクピクと動く美緒の手を握り、しかしその腰も、クリトリスを刺激する手も止めない。

「……イッちゃったね？　美緒の中、ヒクヒク動いてる。そんなに締め付けられたら、俺も我慢できなくなっちゃうなぁ……」

「はぁ……はぁ……っ……あっ……ま……まっ……」

「ん？」

「あ……っぁ……」

「もう一回、イケるかな？」

「え……あ……っ……？」

「……ホラ、気持ち良いの、好きだよね？　もう一回、イきたいと思わない？」

「……」

何も言えず、美緒は動いていた悠斗の手に自分の手を重ね、そっと敏感になった部分から外した。

と、ほぼ同時に、悠斗の腰の動きが止まる。

とても口に出すことはできなかったが、悠斗に導かれての絶頂は、心も身体も満たされるようで気持ち良くないわけがなかった。その上、イカされるということは、美緒にとっては支配されているような錯覚も感じ、その感覚も含めて何度でも味わいたい。そう思っていた。しかし、恥ずかしさから口に出すことはできない。それに、もし、そんなことを口にしてしまったら——悠斗は嬉々として何度も自分のことをイカせ続けるだろう。手や指だけでは飽き足らず、何度か『欲しくないか』と聞かれている、大人のオモチャを買ってでも。

イキたくないわけでも、オモチャが欲しくないわけでもない。自分で自分のこの性に対する気持ちを認めることが、人に話すことが、美緒は恥ずかしかったのだ。

「……俺は、何度でも美緒のことイカせたいんだけどな？」

まだ火照《ほて》りの鎮まらない敏感になったままのクリトリスへ、再度指が伸びる。

——今まだ、イッたばかりなのに。美緒は声にならない声を出す。閉じていた目を開き、うっすらと潤んだその瞳で悠斗を見た。——あぁ、悠斗はあの顔をしている。刺激に耐えられず、すぐに目を閉じた。

悠斗のモノも、一度動きを止めたのに、指を動かし始めるのと同時に、また中で動き始めている。きっと今度は、止まらないだろう。イッたばかりの身体にはまだ刺激の強い、背筋を走るゾクゾクとした感覚と、くすぐったいような、下半身から頭まで鈍く走る何とも言えない感覚を通り抜け、また新たな快楽が美緒の意思とは別に芽吹こうとしていた。

（むっ……むり……ぃ……っ……うぅ……）

声にならずに心の中だけで唸《うな》る。痛くはない。……のだが、既に何回も絶頂を迎え、かつ、また強い刺激を与えられた今、その感覚の逃げ場がなかった。

おそらく、このまま指を、悠斗のモノを動かされ続けたとしたら、まもなくまた絶頂を迎えるだろう。思えば、今日ほどイカされたこともない。いつもなら、悠斗にも気持ち良くなってほしいから、イカせようとするその手を少々強引にでも止めて抱き締めていたのに。今日は、そこにいたるまでのスパンが短くて気持ちが追い付かない。美緒は何度もピクピクと震える指先で、シーツをまた強く握り締めた。

「あ……っ……く……ぅ……」

悠斗は思うところがあったのか、それともただのいつもの意地悪なのか、美緒の顔を見ながら時々指先に緩急をつけた。

（だっ……ぁダメ……っ……ダメダメダ……ぁ……っあぁぁ……）

鋭い感覚が背筋を通り抜ける。今までの中で一番強い感覚。ピリピリと冷たい刺激が指先まで伝わると、普段であればイクまでに少し余裕があるはずの美緒の身体に、息つく暇もないくらいの快楽の波が押し寄せてきた。

「……ぅ……く……ぁあっ……あああ――！」

我慢できずに大きく声が漏れる。身体の中を抜けた快楽は更に身体の表面を走り、中心から先まで一気に駆け巡る。つま先ではそれぞれの指が遊び、少しだけ開かれた口元からは止まらないままの声が小さく漏れている。

「……はぁ……ははっ。……すーごい締まるんだけど。グチョグチョになった美緒のココ、俺のに絡みついてくる。……ごめんね、その顔見てたら俺も、もう我慢できないや」

「ゆ、ユウく……」

「俺も、イッて良い？」

「ふぅ……っ……!?」

美緒の返事も聞くことなく、悠斗は今までで一番奥を突くように身体を動かし始めた。その力強さと、自分の身体の敏感さに、美緒は思わず腰を引く。だが、その行為も悠斗の手によって呆気なく阻《はば》まれ、相変わらず漏れ出る声も、悠斗の舌と唇によって押し塞《ふさ》がれた。

「ん……っ……ぅ……」

舌と舌が絡まり、ピチャピチャと卑猥《ひわい》な音を立てる。もっと、もっとと求めるように、美緒は自ら舌を絡めた。それに応えるように、悠斗も同じように舌を絡める。

そして、苦しくなるほどにお互いを求め合うと、吐息を漏らして唇を離した。

「ふぅ……っ……」

「……あー……ごめん。いつまでもキスしてたくなる」

「……！」

悠斗の発言に、思わず美緒は目を瞑《つむ》った。単純に恥ずかしい。恥ずかしいのに胸の辺りがキュッと締め付けられて、背中にゾクゾクとした感覚を感じた。悠斗とセックスをする時はいつもそうだった。正確には、セックスだけではなく、普段じゃれあったりしている時に不意に言われる言葉に対して、同じような気持ちになるのだ。

意地悪で、それでいて素直で愛情の見える言葉。『本当に思っている』と、そう感じられるからこそ、むず痒《がゆ》くて甘い感覚が身体を支配していると美緒は思っていた。その支配は、決して苦しくて辛いものではなく、『自分が悠斗に愛されている』と思える、優しく絡まる鎖のようだった。

「……はぁ……いっぱい出た気がする」

「……」

その言葉に何と反応していいかわからない。

「ありがと」

悠斗はそう言って、美緒の唇に自分の唇を重ねた。チュッと音が鳴り、自分の唇を離して美緒の唇を指で優しくなぞる。美緒は返事の代わりに悠斗の頭を何度も撫でた。

「ちょっと待っててね？」

悠斗は優しく美緒の身体をタオルで拭くと、事後の始末を始めた。

「……んんっ」

秘部にまた指を入れ、中に出した自身の精液をゆっくりと掻《か》き出す。グチュグチュと鳴る音に恥ずかしさを感じながら、美緒はピクピクと身体を動かした。掻《か》き出された精液は、ドロリ、とお尻を伝う。ある程度指で受け止めた後ティッシュで拭《ぬぐ》ったが、垂れていく精液を肌を撫でるように何度かティッシュで押さえていく。

（だ……出してるのはわかる……けど、声が……出ちゃう……）

子どもができることに問題はないが、精液をいつまでも体内に入れていては動くことができない。何度も指を出し入れし中に残った分を出すと、仕上げとしてウェットティッシュで優しく周囲を拭き取り、ショーツを履かせた。

自分の局部も綺麗に拭き取ると、ゴミを捨て美緒の首元に自分の腕を差し込んだ。

「なぁ美緒」

「……？　何……？」

「あのさ……回数、多い？　大丈夫？」

「えっ？」

「あ、いや、美緒を付き合わせてたら申し訳ないなって。時間が遅い時もあるし、疲れてたり眠たいのに、もし毎回無理に付き合わせてたら悪いな……って思って」

「全然気にしてないよ？　……その、わ、私も……その……し、したい……し……」

自分で言っていて顔が真っ赤になりそうだった。だが、これは本音であって建前ではない。悠斗に付き合っているわけではなく、自分もしたいから夜遅くても、眠たくても受け入れているのだ。妙な気遣いを持ってしまっては、きっと悠斗もしづらいだろう。

「え、もう一回言って？」

「や、やだ！」

「何で？　良いじゃん！　あーほら、聞こえなかった！」

「嘘！　聞こえたでしょ!?」

『私もしたい』とか、全然！　聞こえなかったよ!?」

「聞こえてるじゃんっ……！」

悠斗の意地悪に、美緒は背中を向ける。聞こえているならわざわざ言わないでほしい。そう思っていたが、このやりとりにまた、ゾクゾクとしたものを感じていた。

「あー、こんな可愛い奥さんいて幸せ」

「は……恥ずかしい……！」

「えー、じゃあ何回でも言っちゃお。……可愛いよ美緒。結婚できて幸せだから」

「……うぅー……!!」

何も言い返せずに布団をギュッと掴む。向き直るのは恥ずかしいのだ。

「……美緒のそういうとこも好きだよ？　すぐ照れちゃうの。……可愛い」

「……っ……もう！」

「ほんと、可愛い」

「――っうぅ――!!」

恥ずかしさのあまりに布団に顔を強く押し付けると、美緒は悠斗の指が自身の髪の毛をなぞる感覚に心地良さを感じながら、うとうとと夢の世界へと誘われて行った。

2　内緒の時間

ある日の夕方、もう会社の終業時間近く。月末のこの日、美緒はまだ終わらない仕事とにらめっこをしていた。

「うう……今日は定時帰宅は無理か……」

「どうしたの？」

「いえ……社内にいるはずなんですけど、営業さんと連絡取れなくて。印鑑が欲しいんですけど……」

「あれ、押してなかった？」

「金額が間違っていて……。あと、ちょっとこの経路の書き方だと、見本とずれていてわかりづらいというか……名称を略し過ぎなので、書き直してもらいたくて」

「あー、なるほど。……この間入った人だね？」

「はい。なので、まだ慣れてないのかなとは思うんですけど……」

「ま、ウチで何年仕事してたって、毎月のように間違えてる精算書出す人はいるからね。電話してみたら？　意外と自席にいたりして」

「さっきかけたんですけど、『今ちょっと席外してます』って言われて……」

「ありゃ、そうなの？」

「はい。戻ってくるかな？　と思ってるんですが。電話を取ってくださった営業事務の宮野《みやの》さんは『伝えておきます』って言ってくれてたんですけどね」

「どれくらい経った？」

「うーん、十五分くらいですかね？」

「よし！　ちょっと席外してるだけなら、十五分あれば戻ってくるでしょ。もうすぐ定時だし、再チャレンジ！」

「はい！」

美緒は、笹野にそう言われてもう一度受話器を取った。

「……あ、総務部の櫻井です。畠中《はたなか》さん戻られましたか？　……え、会議？　何時に終わるかご存知……そうですか、ありがとうございます。……はい、はい。そうなんですね、そのまま……。わかりました、ありがとうございます。失礼します」

ふぅ、と溜息を吐き、美緒はじっとこちらを見ていた笹野に向かって首を振った。

「いないの？　会議終わらないって？」

「はい、あと一時間ほどかかるそうです。一度席に戻ってきたみたいで、宮野さんも伝言伝えてくれたらしいんですけど。ちょっと休憩して、そのまま会議に行ってしまったようで」

「……今日が期日なのにねぇ」

「ですよね。ちょっと、これが終わったら帰ることにします」

「わかったよ、でも、会議があんまり延びるようだったら、月曜にしちゃいなね？　翌月の精算に回しちゃえば良いんだから」

「でも、困らないですかね？　畠中さん」

「間違えたのも、伝言もらってるはずなのにかけ直さないのも、畠中さんの責任なんだから良いのよ。こっちはちゃんと声かけてるしね。しかも、こんなギリギリに出されて間違ってたら、こうなったって仕方ないし」

　確かに出したタイミングは悪いなと思っていた。提出期日のその当日、しかも、昼休憩もとっくに過ぎた時間に提出するとは。笹野にはっきりとそう言われたことで、どこかモヤモヤしていた美緒は心の中で『それもそうだよね』と頷《うなず》くと、スマホを見て悠斗から連絡が来ていることに気が付いた。

（……あれ、ユウ君？）

『ゴメン、急な会議が入った。多分一時間くらいで終わると思う。先帰ってくれて良いよ』

ちょうど一回目の電話を畠中にかけた後、数分経ってからのことだ。他の精算書を見て気付いていなかったが、おそらく悠斗も畠中と同じ会議に参加しているのだろう。

『私も遅くなりそう。精算書の直しをお願いしたいんだけど、畠中さんと連絡取れなくて。多分、同じ会議に出てるよね？　私はその会議が終わって、畠中さんに連絡取れて、ちゃんと精算書もらって確認してから帰ることになると思う。もし連絡来なかったら、精算書は翌月に回しちゃうから、連絡来てもも来なかったとしてもそのタイミングで帰るよ』

（……うん！　これで良し、と）

美緒が悠斗に返信を送ったところで、終業を告げるチャイムが鳴った。

「ほどほどにね？　ほんと、待たなくても良いんだから」

「わかってます、ちょっと、休憩の間に飲み物でも買ってきますね」

「うん、いってらっしゃい。私はこれまとめたらもう帰るから」

「はい、お疲れ様です」

小さな財布を手に持ち、美緒は近くのコンビニへと向かった。社内に自販機は置いてあるが、どうせなら気分転換に外にも行きたいし、選べる種類は豊富なほうが良い。ついでに新作スイーツでも買えたらラッキーだ、そう思っていた。

「あ、抹茶のモンブラン出てる！」

人気のないスイーツのチルドコーナーの前で、美緒は思わず思っていたことを口に出した。しまった、と思ったが、幸い周りに人はおらず、ホッと胸を撫で下ろす。

（ユウ君にも買っていこうかな？）

同じモンブランを二つにお気に入りのカフェラテを手に取ると、会計を済ませ会社へと戻った。

珍しく既に静かになったフロアは、独特の空気を漂わせている。

（……フロアに誰もいないって、やっぱりあんまり慣れないな……）

今日は定時退社推奨日で、会社のほとんどの人間が帰宅していた。残っているのは、美緒以外に会議が入った人たちくらいだろう。定時退社推奨日に何も会議を入れなくても……と美緒は思ったが、何か今日でなければ急ぎでなければならない理由でもあるのだろう。そう思い直して、漏れ出そうになった不満をそっと飲み込んだ。自分は自主的に残っている訳で、諦めて帰ることもできるのだから。

美緒は手元にある他の精算書を整理し始めた。毎月、何人かは期日ギリギリに出したり、ギリギリでも出さなかったりする人たちはいる。いつも頭を悩ませていたが、簡単には直らなかった。一定数そういう人間もいると割り切ってはいたものの、忙しくなればその気持ちもどこかに吹き飛んでいった。

「……はぁぁー……」

大きく溜息を吐くと、椅子の背もたれに背中を預けて大きく腕を伸ばした。縮んだ筋肉を伸ばして、身体の疲れを少しでも取ろうとする。ずっと同じ体勢でいるデスクワークは、自分で選んだ仕事であるが、時々無性に投げ出したくなってしまう時もある。別に嫌いなわけではない。ただ、同じ体勢で同じ作業を繰り返すことに、脳みそが誤作動を起こしてしまうことがあるのだろう。

「もうちょっと、頑張りますかね……」

いつもの癖で首を鳴らすと、ポキポキと首元から軽い音が聞こえた。本当はやってはいけない行為だろう。何かで見た気がする。が、癖になったモノをそう簡単にやめることもできない。うっかりしまい忘れていた悠斗の分の抹茶モンブランを冷蔵庫へとしまうと、自分用のモンブランとカフェラテを開封してから部屋の中に自分しかいないのを良いことに大きな欠伸《あくび》を一つして、美緒はまだ残っている書類へと再び目を向けた。

刻々と時間は過ぎてゆく。美緒は全て見終わって束になった精算書類を手に取ると、トントンと断面を自分のデスクに当てて端を揃えた。領収書や付箋《ふせん》、クリップに貼り付けるため使った糊《のり》で不揃いな厚さのそれは、バランスも悪く簡単には綺麗に揃わない。グラグラと何とも言えないバランスを保ちながら揺れるそれを、美緒はもう良いかと『確認済』と印の押された箱にしまった。

「ふあぁぁー！　おぉーわったぁぁぁぁー……！」

無言のまま独り静かな部屋で黙々と仕事をしていた美緒は、片付いたデスクへ力なく突っ伏した。普段からも行っている作業とはいえ、限られた時間の中で誰にも頼ることなく仕事を終わらせることは精神的に疲れる。集中した分、糸が切れた時の脱力感も大きい。無機質でひんやりとしたデスクに頬を押し付けて、何となく熱っぽい顔を冷やす。

「はぁ。そんなに長い時間やったつもりもないんだけどなぁ。何だかめちゃめちゃ疲れた気がする……」

実際、時計の針は作業を始めてからおおよそ一時間後の時間を指していた。まだ、部屋の電話は鳴らない。一時間経っているならば、畠中から『会議が終わった』とか『伝言をもらった』等の連絡があってもおかしくないだろうに。

「んー、まだ会議終わってないのかな？」

美緒は自分のスマホを手に取ると、同じく会議が終わっているかもしれない悠斗へと連絡を入れた。

「えぇーっと……『お疲れさま！　私はもう仕事終わったよ。あ、今終わったんだけどね。ユウ君はどうかな？　畠中さんからも連絡来てないから、まだ会議終わってないのかな……と思っているんだけど、一応連絡しておくね。できたら一緒に帰りたいから、ちょっとまだ畠中さんの連絡も待ちつつ、掃除でもしてる！　もし連絡可能になったら教えてね。あ、でも、流石《さすが》に三十分とか経ったら会社は出ようかな？　どこか別の場所で待ってるよ』……っと。送信ー」

送信ボタンをタップした後、アラームを三十分後に設定しスタートさせた。実際、この後会社に残っていても、特にすることはない。毎週やってくる掃除の手間を軽くするために、この後の掃除はするつもりであったが、それも比較的早く終わるだろう。悠斗に伝えた三十分もかからないかもしれない。

疲れが溜まったのか、また大きくて長い欠伸《あくび》を一つすると、誰にも見られなくて良かった、そう思いながら掃除道具を手に取り掃除を始めた。

「うわぁ、このラックめちゃめちゃ埃《ほこり》被ってない……？」

あまり気にしなかった場所をいざ拭《ふ》いてみると、積もる埃《ほこり》が掃除道具に付き、その汚さを告げる。定例の掃除はいつも自分のデスク周りだけを行うことが暗黙のルールとなっており、それ以外の場所はそこまで気にしていなかったのは確かだった。また、しようしようと思いながら『誰かがやるかもしれない』という気持ちも拭《ぬぐ》えず、その結果全員が同じことを考えていてこうなってしまったのかもしれない。

「……ここだけでもやるか……」

火がついた美緒は、目についた場所を片っ端から掃除していった。

ヴヴヴヴ――ヴヴヴヴヴ――ヴヴヴヴヴ――ヴヴヴヴ――

「あ！」

掃除を始めて十分ほど経過した頃、スマホから何かを知らせる音がした。手に取るとそこには悠斗からの通知が見えた。

「もしかして終わったかな？」

急いで届いた通知の内容を確認する。思った通りで、画面には『会議が終わった旨』と『一緒に帰ることができるので少し待っていてほしい』といった内容が書かれていた。

「良かったぁ……」

待っていた甲斐があったと、美緒はほっと胸を撫で下ろす。わかったと返信を送ろうと文字を打っていると、追加で悠斗から連絡が来る。

「……あ、やっぱり畠中さんも同じ会議に参加してたんだ。……何にも連絡来ないよね……？　いけない！　帰っちゃう前にこっちから電話しておかないと……！」

追加で送られてきたメッセージには、畠中も同じ会議に参加していたことと、急がないと帰ってしまうかもしれないことが書いてあった。せっかくここまで待っていたのに、一番重要な人物に帰られてしまっては困る。急いで美緒は受話器を手に取ると、畠中の席の内線番号を押した。

プルルルル――プルルルル――

「うー……」

プルルルル――プルルルル――

「……」

プルルルル――プルルルル――

「……嘘……」

プルルルル――プルルルル――

呼び出し音が虚《むな》しく耳元で響く。

「ま、まさか……帰っちゃったの……？　……嘘ぉ……」

大きく肩を落として、美緒は受話器を置いた。普段なら気を遣って通話を切ってから受話器を置くが、誰も出ない電話にその気配りはなかった。なぜ伝言を無視して帰宅できるのか、美緒にはわからなかった。もしかしたら、すっかり忘れているのかもしれない。しかし、自分に関することなのだから、メモする何なり気にしてくれても良いのに……というところが本音だった。

萎《な》えた心に鞭を打ちながら、美緒は掃除用具を片付けて帰る準備を始める。畠中もいない今、悠斗の会議も終わったのなら、もう今日は会社に用はない。

プルルルル――プルルルル――

「あっ……!?」

美緒の席の内線が鳴った。

(まさか畠中さん!?)

期待を込めて出た受話器の先には――

「はい、総務部櫻井です！」

『……あ、美緒？』

「……あれ、ユウ君……？」

『畠中さん帰っちゃったみたいだわ』

「あ……一緒にいたの？」

『会議が終わってから少しの間はね。美緒が精算書のことで待ってるの伝えたんだけど、トイレ行って戻ってきたらいなかった』

「やっぱり帰っちゃったのね」

『連絡あった？』

「ううん。ユウ君に連絡もらってからすぐに内線したんだけど、間に合わなかったみたい」

『マジか。畠中さんに話してからすぐに美緒に連絡入れたんだけどなぁ。そのまま帰っちゃったってことね。……先に美緒に連絡入れて引き留めておいたほうが良かったな、ゴメン』

「ユウ君が謝ることじゃないよ！　むしろ伝えてくれてありがとね」

『いやいや。もうすぐに帰れる？』

「うん、もう帰る準備も終わるよ」

『りょーかい。会議で使った備品だけ戻したいから、ちょっとこっちまで来てくれる？』

「わかった」

お互いに挨拶を交《か》わして電話を切ると、美緒は急いで悠斗のいる部屋へと向かった。

エレベーターに乗ると、美緒はほっと一息吐いた。じっと階数を表示するパネルを見つめながら、目的の階へ辿り着くとさっとフロアへと降り立つ。

美緒のいた階と同じく、この階も人の気配はない。悠斗がいるから人が全くいない訳ではないものの、『このビルにもしかして自分しか残っていないのでは？』と思えるくらいには、無機質な空気を漂わせていた。

（……何かちょっと、怖いよね……）

この気のせいか生暖かいような、ひんやりするような空気はあまり好きではない。なんというか、うすら寒いのだ。自分が想定している人以外が出てきそうな、下手したら人以外のものが出てきそうな……。

（ダメダメ！　そんなこと考えないようにしなきゃ……）

美緒は悠斗のいる部屋のほうへと進む。すると、目的としていた部屋のドアが開いた。

「あ、美緒。お疲れ」

「ユウ君、お疲れ様」

「わざわざゴメンね、コレ、返さないといけないのすっかり忘れてた」

悠斗は手に持っていたノートパソコンを軽く上に持ち上げた。

「月曜の朝返すのも忘れそうだし、覚えてるうちに返したくてさ」

「それはわかる。面倒になってたり」

「もう既に面倒になっちゃう時もあるしね……」

「ふふっ。早く返して帰ろう？」

部屋にロックがかかったことを確認すると、二人はノートパソコンを返却する部屋へと向かった。カードキーで管理された部屋ばかりのこのビルでは、権限がなく入れない部屋もある。幸い問題なく入れる部屋だったこともあり、悠斗はさっとパソコンを返却すると、持ち物のなくなった両手をブラブラと振り、すっかり荷が降りたような仕草を見せた。

「……あっ」

「どうした？」

「モンブラン……忘れた……」

「え？　モンブラン？」

「定時過ぎてから、コンビニ行って買ったの。ユウ君の分も買ったのに、冷蔵庫に入れてすっかり忘れてきちゃった……」

「あ、俺の分？　気にしなくて良いよ？」

「でも、生菓子だし……。賞味期限早い気がする」

「週明けまで持たないかも？」

「うん、そうかもしれない」

「日持ちするなら美緒が仕事の合間におやつとして食べれば良いんじゃない？」

「私はもう食べたし、新作で美味しかったからユウ君にも食べてもらいたい……」

「総務の部屋の冷蔵庫？」

「うん。……ゴメンね、取りに戻っても良い？」

「良いよ。じゃあ一旦降りるか。もう後はそれ取りに行ったら帰るだけでしょ？」

「うん」

来た道を戻る。しまうのを忘れていてきちんと冷蔵庫にしまったと思ったら、今度は持って帰るのを忘れた。正直、美緒にとってはよくある話だった。仕事のことはそうでもないのだが、プライベートに関わる部分、特に私生活においてどこに何を置いたか忘れやすいのだ。一番忘れやすいのはスマホで、ついついその辺に置いてはどこに置いたか探している。自分では『ここに置いた』と思った場所にないのだ。それに『何かを持って行かないといけない』ことにも弱い。出かける前までは覚えているのに、いざそのタイミングになるとうっかり忘れてしまう。毎回ではないものの、自分の忘れっぽさには少々うんざりしていた。

「ゴメン、ここでちょっと待ってて！」

悠斗に部屋の前で待っていてくれるよう伝えると、急いで中へと入った。明かりをつけて冷蔵庫へと向かう。すっかり忘れられていた抹茶のモンブランを手に取ると、今度は忘れないようにと、空っぽになっていたエコバッグに入れて包み、そのますぐに鞄の中へとしまった。急がなければと内心焦っていたが、冷蔵庫が閉まっていることを確認し、部屋の明かりを落として外に出る。

（ロックかけなきゃ……）

美緒は手持ちのカードキーでロックをかけ、指さし確認で問題ないことを確認すると悠斗へ声を掛けた。

「お待たせ！」

「ちゃんとしまった？」

「うん！　鞄の中に！」

美緒は悠斗に鞄の中を見せる。エコバッグの中に何かが包まれて入っているのが見えた。

「この袋？」

「そうそう」

「わざわざありがとね」

「ううん、私が買いたかったから。それじゃあ帰ろ？」

「うん。……あ、部屋の電気消した？」

「消した！」

「ロックもかけたよね？」

「かけた！」

「さすがに冷蔵庫もしめてるよね？」

「そこまで忘れたりしないよ!?」

「美緒すぐ忘れるからさ……」

「……これでも自覚はあるからさ……外では特に気を付けるようにしてるんだもん……」

「あー、ごめん。責めるつもりはなくて。やらかしたら気にするだろうし、念のため」

「わかってるよう……」

ポンポンと悠斗は美緒の頭を撫でた。どこか納得いかない表情の美緒だったが、すぐに手を繋ぎニッコリと笑う悠斗に何も言えない。

「健康のために、この後は階段で行く？」

「……そうだね、歩こうか。もうそんなに階数もないしね」

エレベーターを使うほどの階数でもない。そう思った二人はゆっくりとした足取りで階段へと向かった。

「そういえば美緒、階段のところに監視カメラがあるの、知ってた？」

「監視カメラ？」

「そうそう。上がりきったフロアの、向かってこの位置には監視カメラがあるんだけど」

「うん」

悠斗が指さす方向へ目をやると、独特の形状のカバーが確認できた。おそらくあれが悠斗の言う監視カメラだろう。

「今まであんまり気にしたことなかったかな。そんなのそこら中にあるんじゃないの？」

「と思うでしょ？　なぜかこの階段のおおもと？　上り下りする階段部分にはカメラがないんだよ」

「え、そうなの？」

「そうなんだ。ホラ、この壁も天井も、それっぽい物見えなくない？　踊り場っていうの？　途中の広いところ。あの部分にも言われてみれば確かにないなぁって」

「でも、誰がそんな話してたの？」

「うちの親が言ってたよ。何でないのかは知らないけど」

「絶対フロアのところは通るから、そこには置かなかったとかかな……？」

「どうだろうね。でもさ」

「うん？」

「カメラがないなら、こういうこともできるってこと？」

「えっ」

悠斗は踊り場へと足を踏み入れた美緒を壁際に寄せて動けなくすると、驚いた様子の美緒の唇にキスをした。

「ん……」

「ビックリした？」

「もう！　そんなことしたらビックリするじゃ……」

少しばかり眉をひそめた美緒に悪戯《いたずら》っぽい笑みを浮かべて、悠斗はもう一度キスをする。

「んんっ……」

唇を押し付けるだけのキスが、段々と変わっていく。悠斗の舌が美緒の唇を押し広げ、その口内へと入ると、舌先で美緒の舌を刺激した。

「ん……んぅ……」

壁に押し付けられたまま、美緒は身動きが取れない。

（こ、こんなところで……）

恥ずかしさから身を捩《よじ》るも、悠斗が固く手を握っており離そうとしない。誰もいない、そして、カメラに撮られてもいない、見られている訳ではないのにドキドキと胸が鳴る。普段とは全く違う環境だからだろう。本来ここは仕事しかしない場所、そのはずなのに——

「んぁ……っ……ゆ、ゆう……」

「興奮した？」

「も……もう……！！」

耳元で悪戯《いたずら》っぽく囁《ささや》く悠斗の台詞に、思わず顔が熱くなる。

「怖い？」

「そ、そうじゃなくて……！　こんな場所で……その……」

「ここじゃなきゃ良いの？」

「え？」

「……こっち」

悠斗が美緒の手を引いて、階段の途中にできた窪《くぼ》みへ入り込む。本来は何か大きな物でも飾る場所なのだろうか。実際それらしい物を置いた形跡はあるものの、今は何もないそこに、悠斗は美緒を押し込んだ。

「えっ……えっ……!?」

見えている部分以外にも空間があり、奥は意外と広かった。もしかくれんぼでここに隠れたとしたら、素通りしてしまうかもしれない。何のための空間なのかはわからないが、人も隠れられるスペースに後から悠斗も入り込むと、二人は密着する形でその場に立った。

「ねっ……ねぇ……」

「何？」

「な、何って……こんな所に……」

「誰もいないよ？」

「そ……それはわかってるけど……」

「嫌だった？」

「……会社だし……」

「ビックリした？」

「そ、そりゃあ……」

「……何か、ちょっとね。いけないコトしてみたくなってさ」

「ええ……？」

「ちょっとだけ、付き合って？　……ね？」

「えっ……あっ……」

「……しー。……静かに」

まだ状況を飲み込めていない美緒をよそに、悠斗は自身のてのひらを美緒の口に押し当てると、空いた手を自分の口元へ持っていき、人差し指を立てた。驚いた美緒は小さくコクコクと頷《うなず》く。その姿を見た悠斗はゆっくりと口元を覆っていた手を外すと、美緒の持っていた鞄を手に取って床に置いた。

「声、出さないでね？」

「う……」

悠斗の言葉に、美緒は押し黙る。その反応に満足したのか、悠斗はまた美緒の唇へとキスをした。

「ふ……ぅ……」

押し入った舌が美緒の口の中を蹂躙《じゅうりん》する。思わず漏れ出る声と吐息を抑えることができなかった。

くちゅくちゅと舌が絡み、唾液が音を立てる。ゆっくりと悠斗は美緒の耳を指で触る。弱い場所を撫でられビクッと身体を震わせるが、悠斗のその行為を美緒は止めないでいた。

指先が耳の中に入る。動く音が耳元で響き、表面をなぞるその動きが身体をゾクゾクと感じさせた。

「ん……んんっ……っ……」

しばらく耳元を刺激した指は一度離れた後、美緒の胸元へと移動した。着ている服の上から胸のラインをなぞられる。

「んんん……！」

今度は身体を捩《よじ》り反抗する素振りを見せるも、悠斗は意に介していないようだった。

「あ……っ……ま、まっ……」

「……ん？」

唇が離され、ここぞとばかりに美緒は言葉を放つ。

「ひぁっ……!?　ん……っ……ふぅ……ん……」

美緒はそれ以上、意味のある言葉を紡げそうにはなかった。美緒に喋《しゃべ》らせないためなのか、それとも反応を楽しんでいるのか——唇から離れた悠斗は、時間を置くことなく次の場所へと移っていた。美緒の首筋を、鎖骨から鼬へと向かって丁寧に舐めていく。

「ふ……ぅ……」

時々、丁寧に唇を押し付けて吸ってみたり、わざと音を立ててみたり、舌先を小刻みに動かして刺激してみたり、このまま最後までしてしまいそうな抵抗もできない愛撫をしている。悠斗本人にその自覚があるかどうかは美緒にわからなかったが、少なくとも美緒の身体は十分に反応していた。

「……イイ顔してる」

「……うぅー……!」

恥ずかしさのあまりぎゅっと目を瞑《つむ》る。辺りはあらかた消灯されて暗いとはいえ、今のこの状態で悠斗の顔を見ることはできなかった。

「こっち見て?」

美緒は首を振る。

「……ふふっ。じゃあ、そのまま目を瞑《つむ》っていてね?　見ちゃダメだよ?　……美緒がイクまでね?」

そう言って悠斗は美緒の前に跪《ひざまず》くと、スカートを捲《まく》っててゆっくりとストッキングへと手をかける。

「え……っ……？」

「見ちゃダメだからね？　声は……我慢したほうが良いんじゃないかな？」

丁寧にストッキングを足首までおろすと、露《あら》わになったショーツのちょうどクリトリスの位置を人差し指の先で撫でた。

「ん……」

今まで与えられた刺激よりも甘くて強い刺激に、自然と声が漏れる。軽く撫でるだけだったその行為は、段々と指先に力が入り引っ掻くように布越しにクリトリスを刺激する。

「あ……っぁ……」

このままでは声を堪《こら》えることができない。そう感じた美緒は、自身の両手で口を覆った。少しでも、自分の声を響かせないために。

「……ぅ……」

それでも、完全に声を防ぐことはできなかった。悠斗は気にせずに刺激を与えていく。

「うっ……むぅぅ……！」

ショーツの上から撫でていた指先が、するり、と中まで入り込む。優しくてくすぐったいような刺激だったものが、一気に強く激しいものへと切り替わった。

「っく……ぅ」

クリトリスだけへの刺激は、いつの間にか変わっていた。指が秘部の中まで入ってきたのだ。クリトリスを刺激しながら、内側を擦《こす》っている。

「あー……すっごい濡れてる。やっぱり興奮してた？」

「んん……」

「気持ち良いよね？　もうビショビショ」

（待って……待って……！）

美緒の声は悠斗には届かない。快楽が勝り、例え口を塞《ふさ》いでいなかったとしても、思った言葉を口にすることは難しかっただろう。

（このままだと……イ……イッちゃう……！　会社……会社なのに……）

身体全体に痺《しび》れるような感覚が走る。あともう少し、中からも外からも弄《いじ》られたら、声を出してイッてしまうかもしれない。

「ふぅ……ふぅ……」

美緒は肩で大きく息をした。きっと、悠斗はこのまま美緒がイクまで続けるつもりだろう。しかし、頭の先まで押し寄せるこの気持ち良さに、逆らうことはできない。

「脱がすよ？」

「んっ……!?」

悠斗は一度指を止めると、履いたままになっていたショーツをストッキングと同じように足首までおろした。空気に晒される肌が妙にくすぐったい。

「じゃあ、イッちゃおっか？」

「え……ぁ……」

『いやだ』とも『うん』とも言わないまま、美緒は閉じた瞼《まぶた》に力を込めた。

「……ねぇ、わかる？　……これ」

悠斗は意地悪く呟《つぶや》くと、自分の人差し指を美緒の秘部へと入れる。先程よりも激しく動かされる指に、美緒の中から滴《したた》る愛液が太ももを伝った。

「……っく……ぅ……」

「トロトロになってるよ？　中から出てきちゃったもん」

「や……っ……」

「動かす度にグチュグチュ鳴ってるし、うわ……すごいな……」

「ひ……ぃっ……い、言わな……」

恥ずかしさのあまり蚊の鳴くような声で懇願するが、その言葉は受け入れられそうにもない。

「んー……今からさ、美緒、会社でイッちゃうんだよ？　ポタポタいやらしい液を垂らしながら、気持ち良い声我慢できないまま。楽しみじゃない？」

「……」

美緒は首を振る。そんな恥ずかしいこと、言わないでほしい。だが悠斗の台詞を聞き、その瞬間を想像した美緒の中は、キュウキュウと悠斗の指を締め付けた。

「今の言葉に感じた？　……可愛い。せっかくだからさ、ちゃんと気持ち良くなろうね？」

悠斗はそう言うと空いている片手でクリトリスを覆う皮を剥《む》き、露《あら》わになった部分に唇を這《は》わせた。

「んんぅ……！　ぁ……っ……ふ……ぅぅ……っ……！」

美緒の身体が大きく跳ねる。悠斗は全く気にする様子を見せず、そのまま強く唇を押し当ててクリトリスを吸うと、舌先で優しく舐めた。中に入れた指は、裏側から美緒の気持ち良い部分を擦《こす》りつける。

「うぅ……ぁ……あっ……」

中からも外からも絶え間ない刺激を与えられた美緒が、絶頂を迎えるのにさほど時間はかからなかった。

(だめ……イ……イク……！)

逃れられない快楽に身を捩《よじ》らせると、不規則に美緒の身体は悠斗の指を締め付ける。いつの間にか、中が擦《こす》られる度にグポグポと大きな水分を帯びた音を立てるようになっていた。その音を恥ずかしく思いつつも、美緒には止めることも我慢することもできない。静かな会社の階段に、自分が出す卑猥《ひわい》な音が響くのを、ただ聞くことしかできなかった。

「ふっ……んっ……んんんっ――――！」

ゾクゾクと下半身から脳みそに大きく痺《しび》れるような感覚が走った。ガクガクと足が震え秘部の辺りに力が入る。今までの刺激に耐えられなくなった身体は、与えられた快楽に応《こた》えるかのように大きな絶頂を迎えていた。

「……っ……ぅ……ふぅぅ……」

ビクビクと脈打つ身体がゆっくりと落ち着きを取り戻す。背後の壁に身体を預けて肩で大きく息をすると、美緒は呼吸を整えた。

「……イッちゃった？」

「……はぁ……はぁ……」

「聞かなくてもわかるけどね」

「っあ……！」

ずるりと美緒の身体から悠斗の指が引き抜かれた。

「めちゃめちゃ濡れてるんだもん。……あー、汚しちゃったかな？」

「……もう！」

「怒った？　でも、気持ち良かったでしょ？　綺麗にして帰ろう？」

まだぼんやりした頭で、美緒は悠斗の言葉をゆっくりと飲み込んだ。

3　ヤキモチか否か

「それでは二人の前途を祝して、カンパーイ！」

「「「カンパーイ!!」」」

ある日のこと、美緒と悠斗の結婚を祝う飲み会が開催された。本人たちが希望したものではなく、それぞれの上司が企画したものだ。結婚式には会社の人間は呼ばず、親族と近しい友人のみ招待する比較的小規模なものにしている。

元々、そこまで華美なものを好まず盛大に行う気もなかった二人は、上司から式について問われたものの言葉を濁した。そういった飲み会に準ずるイベントをお互いの上司が好きなことを知っていたからだ。

式の話をすれば、必ず『行く』と言われるだろう。だが、その想定はない。恐る恐る話をした時、上司の態度はやはりというべきか、酷く落胆したものだった。会社としてエースと言っても過言ではない二人が結婚するのだ。大きく祝うつもりでいたのだろう。

――例え会社の人間を招待することになっていたとしても、二人の上司が呼ばれることはない。

彼らは悠斗が社長の息子であることを知らないからだ。式や披露宴には親が参加する。悠斗の場合、自社の社長が出席することになる。もし呼ばれるとしてもエリア長、そして笹野夫妻くらいだろう。

悠斗が社長の息子であることは、本当に立場上必要な人間にしか知らされていなかった。

これは、そんなある日のこと――

＊＊＊

「ねぇ、ホントに会社の人間呼ばないの？」

「あまり華美にするつもりもなくて……。美緒さんとも話したんですが、親族と親しい友人のみで式と披露宴を行うことにしたんです」

「すみません、自分たちにはこれが合っていると、悠斗さんと二人で判断しまして……」

「こうさ、披露宴だけでもパァーッとやろうとかさ、ならなかったの？」

「あまりその、お互いそういうタイプでもなくてですね……」

「本当は、もっと小規模でも良いかなと思っているくらいで……」

実際のところ、お互いの両親兄弟のみ式に呼び、披露宴もなしでという話も挙がっていた。むしろ、これが一番の候補であり、二人の希望に近いものだった。が、両親にこの話を打診したところ、『せめて親族は呼んで、披露宴までやってほしい』という申し出があったのだ。金銭的な協力も人員的な協力も惜しまないと言われ、二人は押される形でそれを了承した。どこか心の中で『親のために行う』という気持ちがあったのかもしれない。

この時点で、既に二人は妥協しており、これ以上の妥協は考えていなかった。人が増えればその分金銭的な負担も大きくなり、また、式から披露宴にかけて掛かる時間が増える可能性も大いにある。親族に高齢者がおり、遠方に住んでいる者もいる二人にとって、まさか式と披露宴を二日に分けることも、長時間を取って移動にも参加にも負担をかけることはできなかったし、するつもりもなかった。

結果、上司の希望する形式に落とし込むことは不可能と判断したのだ。

「ですので、申し訳ありませんが、会社側の招待客はなしということで……」

「えぇー？　皆で祝いたいと思ったのに……」

「私たちが一番『良い』と思っている形にすると決めましたので。な？　美緒」

「はい、そうなんです。もう決めていますので……」

籍は既に入れており、式も会場と日取りは決めていた。それに、人数も大まかではあるが伝え済みで、概算も出してある。お互い話し合って希望する内容におおかた決まった今、変更することはできないし変更するつもりもない。心底残念そうな上司を前に、二人は罪悪感を感じたものの、このまま押し通すことを決意した。

「……で？　美緒ちゃんの上司にも言ったの？」

「それはまだでして……今日はお休みなので、また明日以降にお伝えするつもりです」

「……ふーん、そうなんだ」

悠斗の上司は少し考え込んだ。二人はこの時あまり気にしていなかったが、翌日その意味を知ることとなった。

翌日、美緒の上司に結婚式について話をする。そこで返ってきたのは、二人にとって想定外の言葉だった。

「まずはおめでとうね」

「ありがとうございます」

「やっぱり嬉しいですね、『おめでとう』って言われるのは……」

「ね、悠斗さん」

「な」

「そりゃあ、結婚はめでたいでしょ。籍を先に入れたとはいえ、やっぱり結婚式はいろんな意味で別物だと思うしね。世の中には、入籍日と挙式日で結婚記念日二回分作る人たちもいるし。……あ、うちの奥さんがそうなんだけど」

出社した美緒の上司への報告。二人の会社では、結婚する場合入籍から一年間の間であれば、希望する日に十日間休みを取ることができた。上手く使えば超長期間の休みを取得することも可能だ。二人はそれを利用して海外と国内の両方へ新婚旅行で行くことを考えており、それは必ず上司に報告しなければならない。できるだけ穏便に、また、希望する時期に希望する日数を取得するために、めでたくて断りづらいであろう結婚式の報告時にこの内容を伝えることに決めていた。

悠斗の上司に先にこの報告をしなかったのは、美緒の上司のほうが何も言わずに希望の日付と日数で休みの許可を出す可能性が高そうに思えたからだ。一人に許可を出せば、もう一人も渋りにくくなるはず。渋ったとしても『別に良いじゃないか』と言われる可能性だってある。それに、総務なら強力な助っ人の笹野もいる。休みを渋れば間違いなく笹野から突っ込みが入るだろう。だから敢《あ》えて、笹野も出社して席にいるこのタイミングを選んで報告している。

「それであの、新婚旅行でお休みをいただきたいのですが……」

それでも、緊張するものは緊張するようで、おずおずと美緒は休みの話を切り出した。

「おぉ、もちろん良いよ良いよ。そういうの、大事だからね。二人とも忙しいんだから。ちょっとは羽根伸ばしてきなさい。仕事は何とかなるし、何とかするでしょ。何日取る？　まぁ多分、十日フルだよね？」

「今はそのつもりでいます」

「オッケーオッケー！　せっかくのタイミングだからねぇ。そんなに休み取れることもなかなかないし。行っといで！」

「ありがとうございます！」

「池下さんありがとうございます！」

「はっはっ！　良いの良いの。お土産よろしくね、悠斗君」

「もちろんです！　任せてください！」

「期待してるよー」

ニコニコとした姿勢を崩さない美緒の上司――池下《いけした》は、二人が想像していたよりもずっと軽く了承してくれた。

――のだが。

「そうそう。悠斗君のほうさ、えっと、設楽《したら》から聞いたんだけどさ、直属だから設楽に話したんだよね？」

「はい、そうです」

「お世話になってるよね？」

「え？　……はい、それは、もちろん……」

ゾクッと背筋に寒気が走る。

――嫌な予感がする。悠斗は直感的にそう感じた。しかし、池下はニコニコとした表情を崩さないでいる。

「美緒ちゃんは、もう笹野には言ってあるんだよね？　奥さんのほうに言えば旦那にも伝わるでしょ」

「はい、奥様には既に伝えてあって……」

「うんうん。だよねぇ」

（どうしたんだろう……？　池下さん……）

グッと表情が厳しくなった悠斗と、相変わらず笑顔の池下を交互に美緒は見た。

「設楽がさぁ、どーしても二人を祝いたいんだって。俺休みなのに、わざわざ昨日電話が来てさ」

「えっ……？」

美緒も顔色を変えた。今日話をする前に、池下は既にこの話を知っていたのだ。

「だからね？　いつでも良いんだけど、社内で飲み会企画するからさ。あー、結婚おめでとう会ね？　二人が主役なんだから、もちろん参加してくれるよね？」

やられた――思わず二人は顔を見合わせる。美緒と悠斗は同じことを思っていた。池下はニコニコと二人の意見をすんなりと受け入れることで、次に自分が提示する要件を断りにくくしていたのだ。

「しかし池下さん……その、結婚式も披露宴も、会社の人の参加はなしにしていて……」

「うんうん、わかってるよ。別にね、そっちに参加したいわけじゃないの。みんなで会を開いて祝おうって話ね？」

「……はい」

「もちろん二人分の費用は出すし、日程も二人の都合の良い日で良いからね？　……お祝いさせてくれるよね？」

こんな言い方をされては、断ることができない。大型連休を二人揃って取得することを、文句も言わず、それどころか快諾してくれた後なのだから。

「……わかりました」

悠斗が渋々承諾する。

「呼ぶ人間は……そうだなぁ……希望ある？　俺と設楽と、後はシステム部と総務の人かな？　普段顔合わせる機会も多いから、営業の人たちにも声かけようか。みんな二人のこと気に入ってるし、喜んで来るんじゃないかな。」

「希望は特には……」

会社主催の飲み会を回避できない今、そこに呼ばれる人間の選出に希望も何もない。

「男ばっかりかな？　システムに営業だもんね。悠斗君のチーム、男ばっかり？」

「そうですね、自分のチームは男性だけで……」

「男ばっかりかぁ。営業も男だらけだもんなぁ。……あ、美緒ちゃん紅一点にしちゃう？」

「え？」

「男性陣大喜びでしょー？　美緒ちゃんにお酌してもらって、隣に座ってもらってさー？」

露骨に嫌そうな顔をする悠斗を見て、美緒はハラハラした。先ほど、総務の話が出たのだ。総務には笹野を筆頭に、自分以外の女性がいる。それに、営業も営業事務の何人かは女性だ。男性だけになるには、意図的に人選しないとありえない。それをしようとしているのか。――とんでもない。

それに、そんな状況を悠斗が許すことはないだろう。会社の人間とはいえ、中には弓形のように既婚者と知っていて、敢《あ》えて誘ってくる人間もいる。そんな人間が、酒の入った場でどんな行動をするのか。もし、理性的な行動が取れなくなっていたら。そして、茶化すような男性ばかりがその場にいたら。抑止力が悠斗しかいなかったら。

……考えたくもない。

「はーい、池下さん？　私はもちろん参加しますよ？」

「ありゃ、笹野ちゃん聞いてた？」

「この距離ですからね、聞こえないほうがおかしいですよ？」

「だよねー」

「私も他の総務の女性も参加しますからね？　二人にとって都合が良くて、一番女性が参加できる日にしますからね？　当たり前ですよ？」

「冗談だよー」

「冗談でも、そんなこと言ったら櫻井が不安になるでしょう？　……どうするんです？『こんなセクハラだらけの会社にいられない！』って、櫻井が退職したら。一体誰が責任取ってくれるんですかね？」

「あー、えっと……」

「あ！　そっか！　責任は池下さんと設楽さんが取ってくれるんですね？　わかって言ってるんですもんね？」

「いやー……そのー……」

「だいたい、主役にお酌させて隣に座らせるって何ですか？」

「……っと……」

「……やめてくださいね？」

「……はい」

笹野の言葉におとなしくなった池下は、身を縮こまらせるとパソコンに向かって何か始めた。形だけなのかもしれないが。

「えぇー、じゃあ、とりあえず結婚式と休みの件はわかったよ。休みは、日程が決まったらできるだけ早く教えてね。なんとかするとはいえ、悠斗君のほうはお客さんとの調整とか色々あるだろうから」

「わかりました。すぐに連絡します」

「美緒ちゃんもね。笹野と俺に早めに教えてね」

「承知しました」

「……まー、何て言うか、おめでとう」

ヒラヒラと手を振る池下に頭を下げると、二人は仕事に戻った。あまり長く仕事を放っておくわけにもいかない。

（お休みは良かった……けど、本当に結婚祝いで飲み会するのかな……？　正直、いらないと思ってしまうなぁ……）

美緒は深く溜息を吐いた。何度か縁あって営業部やシステム部主催の飲み会に参加したことがあった美緒だが、お世辞にも『みんなにおいでと言えるような飲み会』とは言いづらいものだったからだ。それを知っているから、手放しに開催を喜ぶことができなかった。悠斗や笹野が近くにいる時は防いでくれたが、お酌に回ることをお願いされ、隣に座れば簡単に席を立たせてはくれない、そんな人たちが少なからずいるのである。自分よりも先輩や、立場が上の異性に強く言われたら、怖くて正直なところ断ることは難しい。そんな中でも気にしてとりなしてくれる人も何人かいるが、酔いが回ってくると毎回そういうわけにもいかなかった。

「絶対総務の女性陣は参加するから、ね？」

「……はい！　ありがとうございます！」

「あの人もね、冗談で言っているつもりなのよ、多分。……全然面白くないんだけどねぇ、わかってないのよねぇ……」

「まぁ……何となく……わかります……」

「お酌に回って楽しいわけないじゃない。しかもオッサンの小言やらセクハラ発言付きでしょ？　本人たちは、本気でコミュニケーション取ってるつもりなのよね、あれで」

「……あはは……」

「はぁ……総務で幹事やるから、そこは安心してね？　絶対一人にはしないから」

笹野も大きく溜息を吐くと、また仕事へと戻っていった。


「というわけで、笹野さんが幹事してくれるって」

「笹野さんなら安心だ。良かったー！」

「人数も増やし過ぎないように、女性の人数は限界があるけど、でも、できるだけ不公平にならないようにもするつもりって」

「助かる。……あー、俺がちゃんと断れれば良かったんだけど」

「まさか、あんなにグイグイ来られるとは思わなかったよ……」

「設楽さん、池下さんに根回ししていたみたいだしね」

「あれ絶対、普段ユウ君が池下さんとあんまり交流ないから、断りづらいと思ってやってるよ……」

「それは俺も思った」

「だよね？」

「やること決まっちゃったら、後はもう笹野さんの手腕に期待するしかない」

「笹野さんなら大丈夫だよね……」

「俺は大丈夫だと思ってるよ。……多分」

二人は笹野を信頼していた。厳しくも優しく接してくれる笹野が、わざわざ幹事を担当してくれるというのだ。今日の時点で池下をけん制しているし、恐らくこのことは池下から設楽の耳にも入るだろう。総務部部長の妻という立場に、課長である二人から見れば階級は下とはいえ係長という役職持ちだ。良い意味でも悪い意味でも、笹野は周りに口を出しやすいし、反対に周りは笹野に口を出しにくい。

ここからの笹野の行動は早かった。ある程度両者と関わりのある人間をピックアップすると、上司に当たる人間が増えないようにバランスを調整した。その中で、もちろん美緒が心細くならないよう、女性の数を増やしていくことを忘れない。かつ、エリア長を除いては自分の夫が抑止力になるよう、夫が一番上の役職になるよう声を掛けることにする。そうすれば、誰かが馬鹿なことを言い出しても、自分と二人で止めやすいと判断したからだ。

お店選びに関しても、大声で騒いでも平気なお店、というよりは食事と飲み物をメインに楽しめるようなお店を選んだ。席に時間制限がついていたことも決め手だ。後ろが決まっていれば、少々オーバーしたとしても、基本的には指定の時間を迎えたらお店を出るしかない。

「『お店の希望はある？』って笹野さんに聞かれたの。ユウ君行きたいお店ある？」

「うーん、考えてなかったなぁ。美緒は？」

「気になるお店はいくつかあるんだけど、飲み会っていうより、食事会向きのイメージなんだよね、私が行きたいなって思っているお店って……」

「良いんじゃない？　だって、俺たちのお祝いだし？」

「良いのかな？　何か、結構居酒屋みたいなお店が多いじゃない？　会社で飲み会するってうと……」

「それって、打ち上げとか送迎会じゃん？　今回はまた別物でしょ。だから、そういう食事会向け？　多分お洒落な感じかなって思うから、美緒が良いと思ってるお店を選んでも良いんじゃないかな。きっと、笹野さんもそのつもりだと思うけど」

「それなら良いのかな……」

「何なら、総務の女性たちで行きたいお店決めても良いんじゃないの？」

「そこ⁉」

「うん。俺らじゃあ多分、お洒落なお店は選べない気がする。ま、美緒が決めれば良いんだよ」

「……わかった、笹野さんにも伝えておくね」

＊＊＊

――そして、結婚祝いの会の当日。そんな笹野が選んだお店は……

「笹野さん、本当にありがとうございます」

「良いの良いの。気にしないで」

「助かりました」

「ほら、楽しまなきゃ。主役なんだからもったいないじゃない？」

「はい！」

美緒の隣の席は笹野と悠斗がそれぞれ座り、悠斗の隣には笹野の夫が座った。美緒の隣に池下、悠斗の隣に設楽が座りたがったが、笹野はそれを一蹴し自分と自分の夫で固めた。事前に話を聞いていたのか、笹野の夫もニコニコしながら悠斗の隣に座り、ウーロン茶で乾杯した。

笹野夫婦は嗜《たしな》む程度にお酒を飲むが、今日は飲まないらしい。それは何かあった時、櫻井夫妻が嫌な思いをしないように自分たちが対処しなければという配慮からだった。

「私、ここのお店来たかったんです！　ね、ユウ君と話してたよね」

「そうだね。気になるお店だったよね、特にこの……」

「ステーキ！」

「――お待たせいたしました！　こちら名物の鉄板ステーキ、キングサイズです！」

店員が手に持つ大きな鉄板の上から、ジュワッと肉の焼ける良い匂いがする。このお店のウリは、今運ばれてきた大きな大きなステーキだった。特製のソースが鉄板の上で焦げると、香ばしい匂いが辺り一面に広がる。ジュワジュワ、パチパチと油とソースが跳ねるが、美緒たちにとってそれは美味しいの合図だった。

「今はレアで仕上げてあります！　ですので、お好みの焼き加減に調節してお召し上がりください！　もし鉄板が冷めたりしても、新しい鉄板をお持ちしますので。そちらのスイッチを押して、お呼びくださいね」

「「「はーい！」」」

「それでは、失礼します！」

ペコリと頭を下げて、店員はテーブルを離れた。まだパチパチと鉄板は音を立てている。しばらくの間音は小さくなっても鳴り止むことはないだろう。

「うまそうだなぁ。……おーい、美緒ちゃん！　こっちに取り分けてよー！」

「あ、こっちもー！」

「二人とも！　主役にそんなことさせないでください！」

「えー？　良いじゃん？　可愛い子に取ってもらったら美味しいよね？」

「間違いない！　美味しい美味しい！」

「ね、ホラ、美緒ちゃん！」

「オジサンたちの隣に座ってよ！」

「ついでにお酌してくれると嬉しいよねー？」

「おー！　良いねー！」

「いっそのこと『あーん』って食べさせてくれないかな？」

「おっ！　それは俺も！」

とっくに酒の回った上司二人、池下と設楽はここぞとばかりに美緒へくだを巻く。ピクリと眉を動かすものの、場の空気を悪くしてはいけないと思った美緒は、困ったような笑みを浮かべることしかできなかった。

「やだなーお二人とも。悪いですけど、俺の奥さんですからね？」

「ちょっと貸して！　ね？」

「嫌でーす！」

「えー？」

「あ、良かったら自分がやりますよ？　何なら、あーんって食べさせて差し上げますけど？」

遮《さえぎ》るように会話に入った悠斗は、そう言ってステーキを一口大に切り取ると、フォークに刺して設楽のほうへと向ける。

「はい、あーん！」

ニッコリ笑って差し出す姿はどこか怖い。

「い、いやさ、君じゃなくって……」

「美緒ちゃーん！」

「さ、どうぞ！」

グイグイと悠斗はフォークを近づけていく。設楽が口を開けるまで、引き下がる気はないらしい。

「何だなんだ。何か面白いことになってるじゃないか？」

「あ、笹野さんお帰りなさい！」

お手洗いから帰ってきた笹野夫が、悠斗の隣へと座った。設楽に向かってステーキの刺さったフォークを差し出す姿に興味が湧いたらしい。

「いえね、設楽さんが、『美緒にステーキ食べさせてほしい』って言うんですよ」

「え？」

「それでですね、池下さんもそこに便乗していて」

「……ほう？」

「まさか、大事な奥さんにそんなことさせるわけにはいかないと思って、自分が代わりにやろうと思いまして……」

「……あぁ！　そういうことね！」

「そうなんです！　……なのに、設楽さん口を開けてくれなくて……」

「おい、設楽！　せっかく悠斗君がステーキカットしてくれたのに、何で食べないんだ？」

「い、いえ、その……美緒ちゃんに……」

「祝いの席でそんなことさせるんじゃない！　……もしかして、普段もそんなことさせてるのか？」

「い……あ……そんなことは！」

一気に設楽の顔色が変わる。都合が悪いのか、乗っかっていたはずの池下は、背中を丸くして小さくなると、チビチビとお酒を口に含んでいる。チラチラと設楽が視線を送るも、池下は設楽のほうを一切見なかった。

（助け舟……！）

美緒はドキドキしながら笹野夫のほうを見ていた。怒っているというより、揶揄《からか》っているようにも見えるが、上長同士が言い合う姿に緊張の色が隠せない。決して争ってはおらず、設楽と池下の愚行を笹野夫がやんわりと咎《とが》めているだけなのだが。

「そうだよね？　だって、セクハラだもんね？」

「は、はい……」

「ダメなことだもんね？　怒られるよ？　あ、俺がまず怒るよ？」

「だ、大丈夫です！」

「……悠斗君がカットしてくれたのに、ステーキもったいないよねぇ？」

「え、そ、そうですね……？」

「悠斗君、それちょっと貸してくれる？」

「これですか？」

「うん、そうそう」

笹野夫は悠斗が持っていたステーキが刺さっているフォークを受け取ると、設楽の前にグイと突き出した。

「俺が食べさせてあげるよ？」

「え」

「はい、あーん」

「……」

「あれ？　ダメなのかな？」

「さ、笹野部長……」

「何？　ホラホラ、あーん！」

少し強くなった口調に、その場にいた全員がジッと設楽と笹野夫の二人を見た。一度に集中した視線に、設楽の目が泳ぐ。好奇の目に晒されていると感じたからだ。実際、その感覚に誤りはなく、みな『この後一体どうなるのだろうか』と興味をそそられていた。――そして、普段の飲み会での姿を思い浮かべるからなのか、誰も笹野夫を諌《いさ》めたり、止めようとする者はいなかった。口を挟む素振りもなく、ただジッと見つめている。

設楽は助けが欲しそうに池下を見るも、池下は相変わらず目を合わせず、既に氷だけとなったグラスから口を離さないでいた。

ニコニコとした姿勢は崩さない笹野夫に、思わず笹野妻が笑った。

「俺も恥ずかしいんだよ？　ホラ、奥さんに笑われちゃったじゃん!?」

「ふふっ……あははっ……！　……はぁ、可哀想ですけど、多分夫、食べるまでやめませんよ？　……普段のお二人みたいにね？」

「え？　それどういう意味？」

「私は平気なんだけどね？　あとね、諌《いさ》めもするし、怒りもするんだけど。お酌させたり、隣に座らせたり。立場を良いことに、オッサンの猥談《わいだん》に女の子を付き合わせたりしてるのよ」

「……ふーん？」

「何度言ってもダメなのよね？　最近これでもマシになってきたかと思ったんだけど、ダメみたい」

「それはいけないなぁ。ねぇ、今日エリア長来られなかったし、上司は俺ぐらいだからちょっとくら良いや、って思ってる？」

「そんなことは……」

「じゃあ食べよっか？」

「……はい」

観念したのか、設楽は笹野夫がずっと差し出していたステーキを口に含んだ。空気に晒され、既に冷め切った肉をゆっくりと咀嚼《そしゃく》する。おそらく、今は全く肉の味が分かっていないだろう。

「美味しい？」

「……美味しい、です」

「だよねー？　……美味しいものは気分良く食べたいよね？」

「……はい」

「次またそういうの聞いたら、俺怒っちゃうからね？　今日は祝いの席だから、注意だけにしておくけど」

「……わかりました」

「おっけー。はい、じゃあ次！」

今度は笹野夫自ら肉を切り取ると、池下の前に差し出した。

「わかってるよね？」

「……い、いただきます」

「はい、あーん」

「……」

すんなりと肉を口に入れる。設楽の姿を見て観念したらしい。……こちらのほうがまだマシだろう。長い時間視線に晒されることもなく、まだ温かい肉を口にすることができたのだから。

「美味しいよね？」

「美味しいです！」

「みんな、美味しいってさー。じゃあみんなも食べよう？　遅くなっちゃってごめんね？」

カラカラと大きく笑うと、笹野夫は一気に肉を切り分けてそれぞれの小皿に盛っていく。

「す、すみません……！　カットに取り分けまでしていただいて……」

「良いの良いの！　二人は今日の主役なんだから！　それぐらいやるからさ」

「……ありがとうございます」

「別に美緒ちゃんの仕事でも、女性の仕事でもないからね？　自分でやれば良いし、まぁ、やりたいやつとかできるやつがやれば良いし。……あ、悠斗君の行動は良いね！　喧嘩にならないし、空気も悪くなるわけじゃないし、ちょっと体張ってるし、俺は好きだなー？」

「手伝っていただけて、正直助かりました。ホント、ありがとうございます」

「気にしないで！　……それに、その二人が強引に今日の会開こうとしたんでしょ？　部下の失態は、上司が何とかしないとね？　……あ、設楽は別に俺の部下じゃないんだけど」

先ほどとは打って変わっておとなしくなった設楽を、笹野夫は一瞥《いちべつ》した。

居心地が悪くなったのか、それとも酔いが一気に醒めたのか、この後設楽と池下が必要以上に二人に絡むことはなかった。

あっという間に終了時間も近くなった頃、上司二人以外に動く影があった。

――弓形だ。

「すみません、ちょっとお手洗いに……」

「場所わかる？　そこの奥まで行って、角を左ね？」

「あ、ありがとうございます！」

「まだもう少し時間もあるし、焦らなくて良いからね」

笹野妻に場所を聞いた美緒は、邪魔にならないよう席を立ちトイレへと向かった。若干薄暗い店内は、オレンジ色の照明が輝いている。

「……はぁー……疲れた……」

空いていた個室に入り、思わず本音を漏らした。困ったことと言えば先ほどの上司二人の行動ぐらいで、比較的今日の会は終始落ち着いていた。選ばれた人選的に、いわゆる馬鹿騒ぎのようなノリをする人が少なかったからかもしれない。

平等に会話することができたかと問われれば怪しいが、会に参加してくれた人全員と内容の大小はあれど話をすることはできたし、顔を見ることもできた。成果としては悪くない。だが、いつも以上に気を遣っていた。

自分の部署だけでなく、悠斗の部署の人間もいることによって、気を抜けないからだ。自分の話したことが悠斗の不利益になってはいけないし、あまり二人の日常のことを詮索されたくもない。

「はぁぁぁー……」

（ユウ君に興味のある女の子たちがいなかったことだけマシかな……？）

いつか給湯室で聞いた会話を思い出す。もし、あの会話で聞いたように、悠斗に興味のある、悠斗に好意を持っている女の子たちが悠斗に話しかけていたら。きっとヤキモチを妬《や》いてしまって気が気ではなくなってしまっただろう。どんな相手にでも、基本的に悠斗は優しく対応する。本人は優しく接しているつもりなのだ。仕事モードに入っている時は、彼女たちも言うように怖く見えたり冷たく感じることもある。が、決して無下《むげ》にあしらったり拒否したりはしない。むしろ丁寧に対応してくれる。

幸い、今回は部署も違い、基本的な接点もわずかしかなかったため、彼女たちが呼ばれることはなかった。システム部自体女性が少ないことと、悠斗のチームには女性もいなかったこともあり、総務部と営業部の女性のみが参加することとなった。

「あー……ちょっと、ストレッチしてから戻ろうかな……？」

何だか身体がガチガチに固まっている気がしていた。たった二時間のことではあったが、それだけ気を張っていたということなのだろう。

個室を空け、美緒は手を洗った後、トイレの前の廊下に誰もいないことを確認して身体を上に伸ばした。

「あぁぁー……伸びるー……」

「……櫻井さん？」

「わっ!?」

「あ、ゴメン！　驚かせるつもりはなかったんだけど……」

「す、すみません……大きい声出してしまって……」

美緒に声を掛けたのは弓形だった。同じ総務部である彼は、今回の会にも参加していたのだ。

「いや、急に話しかけたのが悪かったね」

「いえ……あ、お手洗いですか？　男性はその向かいのほうですよ」

「いや、違うんだ」

「そうなんですか？　手でも洗います？」

「あー、そうじゃなくて……」

「今女子トイレには誰もいないですよ？　それとも、レジの場所とかですか？」

「……ううん。櫻井さんに用事があって」

「私？　ですか？」

「うん、そう」

怪訝《けげん》そうに美緒は弓形を見た。今回の会では、挨拶を交《か》わして、祝いの言葉をもらう程度しか会話をしていない。何か話し足りなそうな雰囲気もなかったし、自分や悠斗が誰かと話している会話に参加する素振りもなかった。

（え……？　一体何だろう……？）

「席に戻ります？　私ももう戻るので……」

「あっ、いや、ここで良いかな？」

「ここでですか？」

「うん」

「えーっと、邪魔になるかもしれないですよ？」

「じゃあ、手短に」

「……はぁ」

美緒は身構える。どことなく歯切れの悪い言い方に、不安を感じたからだ。それに、お店の中とはいえこの場には美緒と弓形の二人しかおらず、狭い廊下は退路を断つ形で美緒の前に弓形が立っていた。

「えっと、さ」

「……はい」

「今度、俺とデートしてくれない？」

「……は？」

「だから、デート」

「いや、あの、私既婚者ですよ……？　今日も結婚祝いの会ですし、既に籍を入れているのも、結婚式を控えているのも、弓形さんご存知ですよね？」

「もちろん知ってるよ」

弓形は表情を崩さず淡々と話していく。

（わかってるのに、何で……？）

自分が認識しているデートとは、気になる人同士、もしくは気になる人を誘って出かけることを指している。そこに夫婦は含まれても、片思いしている既婚者は当てはまらない。

「ちょっと、仰る意味がよくわからないのですが……？」

「俺、ずっと櫻井さん……いや、美緒ちゃんのことが好きだったんだよね」

「……へ？」

想定外の告白に、美緒は思わず素っ頓狂な声を漏らした。弓形は自分の先輩で、確かにお世話にはなった。が、彼のことを男性として見たことは一度もなかった。入社時には既に悠斗と付き合っていたし、結婚が決まる前から総務部の人間は全員そのことを知っていたはずだ。

つまり自分はずっと相手がいたわけで、万人の恋愛の対象からは外れていたと思っていたのである。それは今も変わらないどころか、入籍が済んだ今、より強固なものになったと思っている。恋人よりも夫婦のほうが、別れる可能性は低いと感じているからだ。

「あの、私人妻ですよ？」

「……俺が結婚したかったな……」

「え」

「正直さ、美緒ちゃんなら、人妻でも良いと俺思っていて……」

「私は良くないですけど」

アルコールに酔っているのか、それとも自分に酔っているのか。弓形は美緒に思いのたけをぶつけていた。

「ずっと良いなと思っててさ」

「そんなこと言われましても……」

「食事に誘おうとしても、悩みないって言われるし」

「……あの時のですか……？」

「そうだよ？　夫婦の悩みとか、夫への不満があったら、俺も入る余地あると思ったのに」

「……悩みがあったとしても、余地はないですよ？　解決しようと努力しますので」

「そういうところもさ、良いなって」

「よっ……良くないです！　席に戻りますね！」

「まだ話終わってないよ？」

「話すことはありません！　そこ退《ど》いてもらっても良いですか？」

「退《ど》かない」

「通りたいので退《ど》いてください！」

美緒は無理矢理壁と弓形の間を通ろうとするが、弓形は譲らず美緒を通そうとはしなかった。

「やめてください！」

「デートするって約束してくれたら退《ど》くよ？」

「そんな約束できません！」

「どうして？　一回くらい良いでしょ？　……本当は、もっとデートしたいけど」

「例え一回でもお断りします！」

「それなら付き合ってよ」

「もちろん無理です！」

「それならデートして」

「ですから無理！　無理なんですって！」

全く諦める様子のない弓形に、美緒は恐怖を感じていた。どうしてこれだけ断っているのに引き下がらないのか。既婚者に対して強く出られるのか。そもそも、付き合ったりデートしたりすることが可能だと思っているのか。美緒には今の弓形の行動が一切理解できなかった。

——給湯室の彼女たちには、可愛さが見られた。悠斗のことをああは言っても、結局憧れが強いのだろうと思っていたからだ。芸能人やアイドルを見る時のような羨望。ヤキモチを妬《や》く自信はあるが、誰かに奪われるといった心配はしていなかった。だが、今目の前にいる弓形は違う。

「……戻ります。みなさん心配しますし」

「あ、俺が遅いから見てきますって言ったから、そんなに心配してないんじゃない？」

「……はい？」

「口実ってやつ？」

（言ってることがわからない……。……あ……しまった……！）

スマホをテーブルの上に置いて来てしまったことに気付く。持っていれば、悠斗に連絡を入れることができたのに――

（これは……危ない状況なのでは……？　は、早く戻らなきゃ……！）

多少強引にでも現状打破することを決め、美緒は弓形に向き合った。

「デートもしませんし、付き合いません。失礼します」

いくら狭い通路とはいえ、弓形と壁の間を強引に通れば、向こう側に行けないこともない。そう考えた美緒は、すぐに目線を外し弓形を横に押し退ける形で側を通ろうとした。

「え、待ってよ」

「きゃっ！」

腕を取られ、押し戻される。

「勇気出してこっちは言ってんだから、ちょっとは応《こた》えてくれても良いんじゃないの？」

あからさまに不機嫌そうに言う弓形を見て、美緒はこの後どうしたら良いものか必死に考えた。

（どうしよう……これじゃ行けない……！）

「離してください！」

「じゃあ、『デートします』って言ってよ」

「お断りします！」

「じゃあ俺もお断りします」

（何なの!?　この人……！）

普段の弓形からは考えられない態度に、突き飛ばしてでも離れようと思ったその時——

「……弓形さん、他人の嫁に何してんすか？」

「ユウ君！」

弓形の背後に立つ悠斗。まだ掴まれたままの美緒の腕を見て、明らかに苛立った口調で声を掛けた。

「……ちっ、旦那の登場かよ……」

「何で美緒の腕掴《つか》んでるんすか？　離してもらえます？」

「あー、うん、櫻井さんが、ちょっとよろけてたからさ、お酒入ってると危ないなと思って」

「美緒、一滴も酒飲んでないっすよ。総務部の飲み会の時もそうですよね？　酒得意じゃないから」

「……あー、そう？　ま、気を付けてね櫻井さん。じゃ、俺は席に戻るから」

そそくさと逃げるように弓形が立ち去る。残された美緒と悠斗は、視界から弓形がいなくなったことを確認すると、安堵《あんど》の表情を浮かべた。

「……大丈夫？」

「……うん」

「何があったの？」

「ト、トイレに来て出ようとしたら、弓形さんがいて……」

「うん、『心配だから見てくる』って言って勝手にこっちに来たんだよね。別に俺が見に行くのに。……それで？」

「そ、それで……」

「……どうした？」

「な、なんか、その、デートしてほしいとか、付き合ってほしいとか言われて……」

「はぁ!?」

「ゆ、ユウ君声大きいよ……！」

「あ、ああ、ごめん。ビックリして……。それ以外は？　何もされなかった？」

「……うん。断ったら通してくれなくて、無理矢理向こうに行こうとしたら、掴《つか》まれて離してくれなくて……『デートするって言うまで離さない』って言われて怖くなってたところに、ユウ君が来てくれたから……」

「……間に合ったのかな」

「よくわからないけど……多分……」

「はぁ……席に戻れる？　大丈夫？」

「うん、大丈夫」

「このこと、笹野さんに話せる？　奥さんのほうで良いから」

「……できると思う」

「わかった。怖くないなら、一度戻ろうか」

「うん……」

ゆっくりと美緒の背中をさすり、悠斗は戻るよう促した。本当は席に戻したくないだろう。あの場には、弓形が戻っているはずだからだ。

「――あれ？」

戻ったテーブルには、美緒と悠斗の席以外に一箇所、空になった席が存在していた。

「弓形さんが帰ってったわよ」

「え、そうなんですか？」

「うん、何かね、ちょっとお酒飲んで気持ち悪くなっちゃったから、醜態を見せる前に帰る……って。ほら、そこにお金置いて」

「……醜態ならもう見せてんだろ」

「櫻井君？　どうかした？」

「あ、いえ、何でもないです。そうなんですね。……そろそろ時間ですし、お開きにしますか？」

「そうね、そうしましょうか」

ラストオーダーも終わり、空になったグラスも散見している。大皿の上の料理はほぼ消え去り、最後に置かれたデザートも、みんなのお腹の中に収まっていた。

「はーい!!　みんな、そろそろ帰る準備するわよ！　櫻井君、最後に一言良い？　大したものじゃなくて良いんだけど。一応、締めってことで」

「あ、わかりました」

「みんな、静かにねー！」

「えぇっと。……本日は私共のために会を開いていただき、誠にありがとうございました――」

悠斗の言葉で会が終わる。――参加者が一人いなくなったことに、誰も違和感がなければ心配もしないまま。

お開きとなった結婚祝いは、美緒の気持ちに影を落とす。それはやましいものではなく、弓形に対する恐怖だった。

職場での席は隣。仕事をする上での会話ややりとりは避けられない。今まで冗談だと思っていたのに、ちょっとした会話の糸口だと、その程度の認識だったのに。


（……はぁ……困ったな……）

「考え事？　……もしかしてさっきの？」

「……うん……」

二人だけの帰り道、比較的早い時間に帰ることができた二人は、並んで電車の席に座っていた。

「……あんまり、思い出したくないよね？」

「……それはそうなんだけど……。席も隣だし、絶対顔合わせちゃうし……」

「確かになぁ……」

電車は微妙な時間だからか、それほど人も多くは乗っていなかった。二人きりになった今、耐えられなくなった美緒は、量は多くはないものの起こった出来事を一から説明していた。

衝撃が強すぎて、自分で話をしながら時々夢だったかと思う瞬間もあったが、話していくにつれて否《いや》が応《おう》でも現実であることを思い知らされた。

「ちょっとビックリだけどね、あの弓形さんが……」

「私もビックリしてる……」

「だよな……」

「……うん……」

弓形は、見た目は非常におとなしく、真面目な青年に見える男性だった。確かに軽口を叩くこともあったが、少し独特なコミュニケーションをしたくらいの、みんなの認識はその程度のものだ。

一言言えばそれ以上言うこともないし、何か食ってかかることもない。仕事の態度はいたって真面目で、わからないことは美緒もよく教えてもらっていたし、社内の評判も悪くはなかった。

「でも、今までもあったんでしょ？　誘われること」

「はっきり『デートして』とか『付き合って』はなかったよ……。食事は確かにあったけど……」

「既婚者誘うには十分じゃない？」

「なのかなぁ……」

「しかも仕事の話じゃなくて、夫婦問題って……。不満があったらつけ入ろうとする気満々じゃん……」

「まさかこんなことになるなんて思ってなかったよ……」

「俺が行ったら、戻って行ったじゃん？　悪いことしてるとは思ってるはずなんだよね。……美緒がついて行くわけないのになぁ……わかってないなぁ……」

「私、何か隙《すき》がありそうに見られてるの？」

「隙《すき》があるというか、まぁ……そうなのかもしれない。当たり障りなくしてるでしょ？　それを好意を持ってるって勘違いする人もいるし、押したらいけるって思う人もいる訳ですよ」

「嘘でしょお……」

「嘘じゃないですぅ」

「えぇぇ……」

渋い顔をして、美緒は頭を抱えた。あまり職場でいざこざを起こしたり、人間関係を悪くしたくないと思っているからだ。できれば平和に、穏便に。だから、できるだけニコニコと愛想良く仕事をしていたし、真面目に取り組んでいたつもりだ。

――今まで、それで問題はなかった。……いや、今日こうなってしまった以上、『問題がなかったと思っていただけ』だったようだ。青天の霹靂《へきれき》と言っても差し支えないだろう。それほど衝撃的で、有り得ないと思っていた出来事だった。

「とりあえず、席替えお願いしてみる？」

「うん、来週まずは笹野さんに話して、席替えてもらえないかお願いしてみる」

「りょーかい。……まだ言われるようなら、絶対教えてね？」

「わかってる。……怖いもん！」

「俺もどうにかできないか、何かないか考えてみるから」

「……うん。ありがと」

てのひらで腕をさする。美緒の腕にはまだ、グッと弓形に掴《つか》まれた時の感覚が残っていた。

家に帰るつもりだった二人であったが、美緒の疲れを見て悠斗は道を変更した。家の最寄り駅とは異なる、比較的繁華街と言われるような通りのある駅で降りると、コンビニによってお茶を買った。その後悠斗は何も言わずに美緒の手をぎゅっと握り、人通りの少ない道を歩く。

「ねぇ……どこに行くの？」

「……ラブホ」

「え⁉　何で⁉」

「美緒の疲れがもう限界かなと思って。家まで持たないかもって思ったからさ」

「えっ……ゴメン……」

「いや、良いの。家帰ったら、『朝ごはんの片付けが』とか『洗濯物が』ってなるでしょ？　俺がやるって言っても、終わるまで寝なさそうだし。ラブホなら何もしなくて良いじゃん？」

「そ、それはそうだけど……」

「もしかして、行くの恥ずかしい？」

「……だって、ほとんど行ったことないじゃん……？」

「大丈夫、目瞑《つむ》ってて良いから」

「見えないよ……」

「じゃあ、下向いてて？　俺が連れてくんだから」

悠斗に言われるがまま、美緒は下を向きながら歩く。しばらくするとその歩みは建物の中へと進み、エレベーターを抜けて見慣れないドアの前で止まった。

「部屋着いた。入るよ？」

「……うん」

大きなベッドが目立つ部屋は、部屋自体も広くふわりと良い匂いがした。

「待ってて」

悠斗はベッドに美緒を座らせると、先ほど購入したお茶を冷蔵庫へしまい、洗面所へと向かう。

しばらくすると、ジャーと水の流れる音が聞こえた。

やっと気が抜けたであろう美緒を、強い疲れが襲った。身体が怠《だる》く、お酒も飲んでいないのに頭がボーッとする。慣れない場にいたからだろうか。それとも、最後のあの出来事があったからだろうか。

「美緒、お湯入れたから、先お風呂入って？　軽くシャワー浴びるだけでも行ってきなよ。飲食店の匂いも付いてるだろうし」

「うん、そうする」

「疲れたよね？　大丈夫なら、長めに湯船に浸《つ》かってきても良いよ？」

「……入ろうかなぁ……」

「洗面台にバスボム置いてあったよ？　『ご自由にお使いください』だって」

「バスボム……？　……入る！　元気出た！」

「それなら良かった。いってらっしゃい」

「はぁい」

思いがけない癒しを見つけた美緒は重たい空気を払拭《ふっしょく》し、いそいそとお風呂へ向かう。服を脱ぎシャワーで軽く身体を洗うと、自分好みのバスボムを湯船に放り込んだ。シュワシュワと溶けて広がる香りと色を眺めながら、足先を湯船に沈める。

「はぁぁ……幸せ……」

身体の疲れを全て取り除けるよう、唇までお湯の中へと浸かった。

――美緒がお風呂を堪能している間、悠斗は一人考え事をしていた。

「弓形さんねぇ……」

今日あったこと、美緒から聞いたことを反芻《はんすう》する。弓形が席を立った後、実は悠斗は比較的すぐその後を追っていた。別に弓形がわざわざ見にいく必要もない。それに『遅いから』と弓形は言っていたが、言うほど時間が経過していたとは思っていなかったからだ。

それに相手は女性であって、もし本当に何かあったのではと気にするならば、弓形本人ではなく例えば笹野のような女性にお願いするべきではないのか。――もしくは、夫である自分に。

「……あれは、そのつもり――だったよな……」

席に戻りたい美緒が弓形に強く出ることができず、なし崩しにデートに許可を出すこと。おそらく弓形はこれを狙っていたのだろうと悠斗は考えていた。

先輩である弓形に、後輩のしかも女性が強く出ることは難しい。普段から適当に、もしくは当たり障りなくあしらっていたならば、弓形は『百パーセント誘うことは不可能である』と考えなかったように感じた。ハッキリと拒絶の意志を見せていないからである。

冗談で言うならば、それ以上深追いはしないだろうし、あしらわれても気にしないだろう。ただ言ってみたいだけでそこに気持ちがないからだ。だが、弓形はそうではなかった。押せばいけると思ったに違いない。

「あーでもやっぱ、申し訳なかったな……」

追いかけてすぐ、弓形の向かった先から美緒の声が聞こえた。とっさに隠れて様子を伺ったのは、もし美緒がトラブルに巻き込まれた場合、ハッキリ目撃者として名乗り出られるようにしたかったからだ。すぐそばで見ていた証人がいる、と。何なら、現行犯で自分が捕まえても良い。とにかく、夫や同性の女性たちを差し置いて、彼が行く意味に納得できていなかった結果、すぐに声を掛けないという選択肢になったのである。

結果、美緒を怖がらせて嫌な気持ちにさせてしまった。もっと強く出て、腕の一本も掴《つか》んで捻《ひね》り上げてやることだってできたのに。

「あー……大丈夫かな……」

少しの罪悪感を胸に、悠斗は美緒がお風呂から出てくるのを時間を潰しながら待った。

「――お待たせ。ごめん、遅くなっちゃったかな？」

「大丈夫だよ。……ちょっとはスッキリした？」

「お陰様で！　あっ、ユウ君もお風呂入ってきて？　このまま寝ちゃうといけないし……」

「わかった。……美緒、眠かったら先に寝てて良いからね？」

「……起きてるのに限界がきたら……！」

「無理はしなくて良いからね？」

美緒の頭を撫でて、今度は自分がお風呂へと向かった。

「……ふわぁぁぁぁー……眠たいよう……」

既に髪の毛を乾かして丁寧にヘアオイルを塗り、いつでも眠ることができるように歯も磨き終わっている。お風呂に入って安心したからか、睡魔は美緒の昂《たかぶ》った気持ちが落ち着いてからすぐにやってきた。

「うー……起きていようと思ったけど、もう寝ちゃおうかな……？　ユウ君も『先に寝てて良いよ』って言ってたし……」

そう言われても、普段なら悠斗が寝室に来るまで起きて待っているのが常であった。が、今日は酷く疲れた気がする。瞼《まぶた》が閉じるのを、どうにも止められそうにない。

「今日は……もう寝よう……」

ふああ、と何度目かの大きな欠伸《あくび》をして、美緒は大きなベッドにダイブした。モゾモゾとフカフカの布団に身体を滑り込ませ、大きな枕へと顔を埋《うず》める。独特の手触りのシーツを両手で撫でながら、まどろみの中へとすぐに落ちていった。

——それから二十分ほど経過した頃。入れ替わりでお風呂へと向かった悠斗が戻ってきたのは、美緒がお風呂を出てから三十分ほど経過してからだった。

「あーお茶お茶……風呂上がりは喉乾くな……酒飲んでないけど、濃いめの味付けの料理だったから余計……か？」

冷蔵庫を開け、美緒がお風呂に入っている間に飲んでいた、半分ほど残っていた普通サイズのペットボトルのお茶をごくごくと飲み干した。

「うまっ。身に染みるわ……」

独り言を言いながら、飲み終わって空になったペットボトルをゴミ箱の横へ置いた。

「まぁ、さすがに今日は美緒起きてないな。……疲れたよなぁ」

既にベッドで眠っている美緒を見て笑う。

美緒はずっと『自分のほうが悠斗のことを好きでいる』と思っているし、『高校の時から好きだったのは自分だけ』と思っていたが、実はそれは間違いだった。悠斗も同じように高校時代から、違うグループで過ごしていた時から美緒のことが好きだったのである。美緒の何事にもひたむきな姿や、ふとした時の表情や仕草、見た目から声、流れる空気まで、ずっと求めていたのだ。

しかし、元々あまり好意に対する感情表現は豊かでなく、好きという感情も誰にも渡したくないという感情も美緒に持ち合わせていたが、あまり上手く表に出すことができなかった。美緒からの告白を受けて実った恋は、悠斗の中でもかけがえのないものになっていたのに、それをハッキリと美緒の求める形で口に出すことはなく、今に至っている。

この微妙な感覚の差が、美緒が感じている『自分のほうが好き』という気持ちに繋がっていることに、悠斗は付き合っていた頃からずっと気が付いていなかった。

「ふわぁぁ……あー、俺も歯磨いて寝よ」

歯磨きをしてトイレも済ませると、美緒の眠るベッドへと身体を潜り込ませた。

「……良かった」

常夜灯《じょうやとう》のついた部屋の中、このベッドの上で美緒はスヤスヤと眠っていた。いつも家で眠る時、二人揃うまで部屋の明かりは全て落とさない。廊下の電気を切ると真っ暗になってしまい、移動が危ないからだ。特にルールを設けたわけではなかったが、自然とそうなっていた。だからきっと、ここでも美緒はそれに倣《なら》ったのだろう。

そして、いつもの位置に美緒はいた。癖なのか、美緒はいつも端っこで縮こまって眠る。今日もそれは変わらない。その結果、悠斗のほうは不自然に広さがあった。

「美緒、ごめんな……」

すぐに助けられなかったことを耳元で小さく謝った。起こさないように。そして、ゆっくりと髪を撫でた。

「……ん……」

悠斗に背中を向ける形で眠っていた美緒は、寝返りを打ち悠斗のほうへと顔を向けた。眠りが浅かったのだろうか。そのままゆっくりと目を開けた。

「……ぁ……ゆう、くん……」

「ごめん、起こしちゃった？」

「ううん……」

「寝てて良いよ、俺も寝るからさ」

「んんー……」

隣にいる悠斗の腕に美緒は自分の腕を絡めた。しがみつくように抱えると、二の腕付近に顔を押し付ける。

「おやすみ、美緒」

「んぅ……」

目が覚めたのではなく、もしかして寝ぼけているのだろうか。そう思った悠斗は美緒の唇へ悪戯《いたずら》心でキスをする。

「ん……」

唇を離して顔を見ると、ゆっくりと小さくだが瞬きをしていた。

「……ごめん、やっぱり起こしちゃったよね？」

「んんー……だいじょぶ……」

そう言うと、今度は美緒のほうから悠斗へとキスをした。

「……寝なくて良いの？」

「……ねるぅ……」

「……甘えたい気分？」

その問いには答えずに、また二の腕に顔を押し付ける。

「……寝ないなら、悪戯《いたずら》しちゃうよ？」

「んー……」

肯定とも否定とも取れない、目を合わせないまま放たれた曖昧で都合の良い返事。

「……なんてね。眠れないならマッサージしてあげるから」

「……ありがと……」

「はい、うつ伏せ」

言われるがまま、ごろんと美緒はうつ伏せになった。

「……ごめんねぇ……」

「良いよ。俺のほうが体力あるし」

「うー」

「うまく寝られない？」

「眠い、んだけど……」

「昂《たかぶ》ってるのかもしれないね、自分では気付いてないだけで」

「うう……確かにそうかも……」

「目、閉じてたらまたすぐに寝るかもよ？」

「んー……」

布団を剥《は》がしてうつ伏せになった美緒を、首から順に指で押していく。時々『うぅ』だとか『んっ』と声を漏らすのは、マッサージが気持ち良いからだろうか。緩急をつけながら、背骨に沿って腰元まで下がる。

「電気、真っ暗にする？」

「……んー……するぅ……」

「はいはい、待っててね」

部屋の照明を全て落とす。常夜灯《じょうやとう》でもある程度の明るさはある。今日はその明るさが気になって、眠れないのかもしれない。

「ねぇ美緒……」

「……んー？」

「……俺さ、もっと早く助けに入ることができたら良かったよね……」

「……何とかなるかなって……思ったんだけどね……」

「ゴメン……」

「平気だよぉ……」

「……もう一個、ゴメンがあって」

「んー？」

「俺がちょっと、我慢できないかも」

「んん……？」

ホテルにパジャマはなく、あったのはバスローブだった。着替えの類も持ち合わせていない。

せっかくお風呂に入った後、まだ帰らないのにそれらを身に着けるのは……と思った美緒は、バスローブを羽織った後下着類は何も身に着けずに済ませていた。

布団に巻き込まれる形で捲れ上がったバスローブの下は、下着に覆われていないお尻、そして太ももだった。気付いた悠斗がすぐに直すも、その上からマッサージをすると思い出してしまう。

「……電気も切ったし、寝てて良いからね？」

美緒の返事を聞かないまま、悠斗はバスローブの裾をたくし上げ、前で重ね合わせた部分を後ろに引っ張って捲《まく》った。

「……抵抗しないの？」

「……何で？」

「何でって……嫌だったら、嫌だって言ってくれて良い……」

「んー……嫌じゃない、よ……」

「ホントに？」

「うん……今日のことが嫌だったなって思うし、怖かったから……。手を出されたわけじゃないけど……ユウ君に消してほしい……」

「……掴《つか》まれた腕、見せて？」

「……ん」

美緒は弓形に掴《つか》まれた腕を出した。痛くはない。別に痣《あざ》になっているわけでもない。だが、まだ掴《つか》まれているような気がして落ち着かない。圧迫感があるわけでもないのに。掴《つか》まれた時のことを思い出して、まだそれが続いているように感じていたのだ。

「……アイツ……絶対許さないんだけど」

「危ないこと、しないでね……？」

「わかってるよ、わかってる」

「ユウ君に何かあったら、心配だから……」

「大丈夫」

悠斗は美緒が差し出した腕全体を撫でた。

「今さ、こんなこと言っちゃいけないかもしれないけど。良い？」

「ん……？」

「いや、美緒が弓形さんと二人でいるのを見て、こう……カッとなってさ……」

「怒った……？」

「怒ったというより、困ったなって思って。今まで別に、美緒が会社で男と話してたりしても、何とも思わなかったんだけど」

「あはは……ヤキモチとか妬《や》かないもんね」

「……と思ってたんだけどね？」

「私は……ヤキモチ妬《や》くもん……」

「……多分、これがヤキモチを妬《や》くってことなんだなって、わかった」

「……ウソ……」

「何かイライラして、すげー不安になったの。誰かに取られるとか、美緒が靡《なび》くとか、そういうことはないってわかってるのに」

「……のに？」

「モヤモヤして熱くなって……焦るみたいな……」

「……変なの。ユウ君が……」

「自分でもそう思う。でも『俺のなんだけど』って気持ちがぐわって上がってきてさ。これ、ヤキモチでしょ？」

「ふふふ……多分、ね……」

「だからさ、急に再確認したくなったの」

「何を……？」

「美緒が、俺のだってことを」

露《あら》わになった太ももに、悠斗は舌を這《は》わせた。

「んんっ……」

ゆっくりと這《は》い回る舌は、美緒の肌を濡らしながら留まることを知らない。

「んっ……んっ……」

舌だけでなく、今度は片手で反対の太ももを撫でられる。指先でゆっくりと表面をなぞるように。

「あっ……ま……っ……」

「……柔らかい……」

「んぅ……っ……！」

甘噛みするように歯を立てると、白い太ももが沈んだ。もう片方は、爪の先で優しくカリカリと引っ掻《か》いていく。

「傷付けたいわけじゃないけど……」

「ゆ、ゆう、く……っ……」

「痕《あと》を残したくなるんだよね」

何度も噛みつかれた痕《あと》が、だんだんと赤くなっていく。そして悠斗は噛んだ痕《あと》を愛おしむように舐めると、また違う場所を噛んだ。爪で引っ掻いた部分も、傷にはならず同じようにうっすらと赤みを帯びていた。

「あっ……あぁ……っ」

「……痛かった？」

そう問われて、美緒は首を振った。枕に埋もれた頭は動かしづらく、悠斗に伝わったかどうかはわからない。

「……痛くはない、かな？」

急に恥ずかしくなった美緒は、その問いには答えなかった。だが、その反応も見越していたのだろうか。悠斗は噛むことも引っ掻くこともやめ、代わりに自分の指を美緒の秘部へと押し付けた。

「あぁ、痛くないよね？　……そうだよね。こんなに濡れてるんだもんね」

「あっ……んん……」

「他の人は、触れないもんね？　美緒のここ……。俺だけだもんね」

「いっ……あ……っ……」

「こんな風に擦《こす》ったら、キュウキュウ締まることも……」

「あっ……ぁ……っ……」

「このザラしたところ押すと、しがみつきたくなっちゃうのも……」

「ひぃ……ぁっ……あああ……」

「誰も知らないもんね？」

「う……っ……く、ぅ……」

「……でしょ？」

口をパクパクと動かして、美緒は悠斗の言う通りシーツを引っ掻《か》いた。指先で何度もシーツを掴み直す。スルスルと通りが良くハリのあるシーツは掴《つか》みづらく、腕を動かして当たった掛け布団のシーツをぎゅっと握った。片手だけではなく、両手で。

「……気持ち良いね？　あ、背中も撫でようか？　美緒、背中撫でられるの好きだもんね」

「……っ！　んん……！」

「……ゆっくり、ね」

「はっ……あっ……うぁ……っ……！」

既にほとんど捲《まく》れ上がったバスローブの裾から手を入れて、ツツツ——と背骨に沿って背中をなぞる。位置を変えながら、ただ優しく背中を撫でた。それだけのはずなのに、美緒は身体を捩《よじ》らせて喘《あえ》ぐ。

「可愛い声……。ねぇ、こっちはすごい締め付けてくるよ？　もっと擦《こす》ってほしい？」

「うぅ……ぁ……ま、待っ……ぁ……」

「うん、もっと、だね？」

「ひぁぁ――！」

美緒の言葉は悠斗の耳に届いていたが、悠斗は笑みを浮かべながらわかっていないふりをして、美緒の快楽が続くように刺激をやめない。

「あぁぁ……あっ……あ……」

「グプグプ音が鳴るようになったよ？」

「や、やっ……だぁ……っ」

「イッちゃうかな？　指増やそうね」

「んっ……く……っ……っ……」

ハッハッと小刻みに呼吸をすると、時々プルプルと身体を震わせた。ぎゅっとナカが締まる度に、悠斗は笑みを浮かべる。

（ユウ……くん……も……ダメ……イッ……く……ぅ……！）

「あっ――あぁあぁあぁぁぁ――！」

大きく身体が痙攣《けいれん》したように動いた。何度か大きく跳ねた後、今度はピクピクと小刻みに身体を震わせた。……少ししてから大きく深呼吸すると、美緒は身体の力を抜いてぐったりとし、シーツを掴《つか》んでいた指も離した。

「……もう一回、良い？」

「……え……？」

とろんとした目の美緒を、うつ伏せから仰向けになるように促す。そしてバスローブを全てはだけさせると、まだ落ち着かない美緒を無視してクリトリスを摘《つま》んだ。

「あっ……！」

「もっとイッてる姿見せて？」

「なっ……何で……ぇ……？」

「俺の手でイッてる美緒が見たいの。気持ち良くてよがって、可愛い声出してる美緒が」

普段の悠斗なら、こんなことはしないだろう。──悠斗は知っていた。美緒が、自分に焦《じ》らされたり卑猥《ひわい》な言葉を言われると興奮することを。過度なものではなく、ソフトな言い回しで良い。少々強引でも、きちんと丁寧にしていれば、嫌がることもなく雰囲気を楽しんでいるようにも見えた。美緒にMっ気があり、そうしたほうが濡れることもわかっている。

だが、悠斗が進んでそういったプレイをすることは少なかった。どの程度が好ましいのかわからなかったためだ。自分にそこまでのSっ気があると思っていなかった部分もあるかもしれない。

いつだったか、一度だけ美緒に『いじめてほしい』と言われた時があった。お酒が入って酔っ払っている時か、今のようにセックスをしている時だったか。……もう定かではなかったが、言われたことは覚えていた。

その『いじめて』が、どの範囲なのか、何を指すのかまでは言われることはなかったが、今ようやく理解した。つまりはこういうことなのだ、と──

「あぁ……コリコリしてる……」

「やっ、やだ……」

「どうして？　……好きでしょ？　そうやって言われるの」

「ゆ……ゆうくん……？」

「イッたもんね？　だから、きっと大きくなって硬くなったのかな？」

「う……うぅ……」

「ここだってすぐにわかっちゃうもん」

「い、言わな……っ……ぁあ……っ」

「クリいじられるの好きだもんね？　いっぱい擦《こす》ろうね？」

「あっ……あぁ……っ……だっ……あっ……ぁ……」

「敏感になってるかな？　すぐイッても良いよ？　……そしたら、またイカせてあげるね？」

「やっ……あ……」

「や？　嫌なの？……ホントに？」

「……っ……うぅー……」

「気持ち良いよね？」

悠斗の問いに、目をぎゅっと瞑《つむ》った美緒はゆっくり頷《うなず》いた。

「あー……」

クリトリスを刺激しながら、悠斗は美緒の耳たぶを噛んだ。

「んぅっ……！」

「ねぇ……言わなきゃわかんないよ？　ホラ、気持ち良い？」

「……ぁ」

「やめる？」

「……ゃ……やだ……ぁ……」

「じゃあちゃんと『気持ち良いです』って。言ってみて？」

今までにない悠斗の言葉に、美緒は戸惑った。だが同時に、身体の中が熱くなるのを感じた。こんなにハッキリと言われたこともなければ、続けて言われたこともない。戯《たわむ》れ程度だったはずなのに。今日は、そんなことはないのだ。

「き……ぃ……っ……き、もち、いい……っ……で、す……っ」

心の中で望んでいたことに応《こた》えようと、美緒は声を絞り出した。恥ずかしい。言いたくない……でも言いたくないでは嘘になる。求められている気がするから、もっと言ってほしい。問いに答えた自分を見て、意地悪そうに笑ってほしい。

「……ちゃんと言えたね？　えらいえらい。……じゃあ次、ね？」

「あっ……ぁ……」

「『もっとしてください』……言える？　……言えるよね？」

「あっ――」

刺激し続けた結果、美緒は呆気なくまたイッてしまった。身体を震わせてそれを悠斗に知らせる。

「あー……イッちゃったの？　まだ、聞いてなかったのになぁ……」

「あっ……ご、ごめんなさ……」

思わず口をついて出た言葉。

「――ちょっとだけ、お仕置きしちゃおうかな？」

「……ぁ……」

「ねぇ、あれ、わかる？」

「……あれ？」

「うん、その、ソファに置いてあるもの。気付いてなかったでしょ？」

「な、何？」

「あれはね」

悠斗はベッドから降りると、指差したものを手に取って戻ってきた。

「はい、これ」

「えっ」

「オモチャ」

「あっえっどうして……」

「美緒がお風呂入ってる間に買っちゃった」

悠斗が手に持つのは、バイブと電マだった。

「こういうところで買ったらさ、人気があるやつ置いてありそうじゃない？」

「よ、よくわからないけど……」

「使ってみたかったんだよね。美緒がどんな風に感じるか、すごく興味があったから」

「わ、わたし？」

「美緒以外にいないでしょ？……これ、使うから」

「い、今……？」

「そりゃあ、もちろん。……あ、これオマケだって」

もう一つ、悠斗が持っていたものは、アイマスクだった。

「はい、お仕置きの時間です」

「えっ、まっ、待って……！」

「これ付けようか」

美緒にアイマスクをはめて、ベッドへ仰向けに寝かせる。

「良いって言うまで外しちゃダメだよ？……できるよね？」

「……は、はい……」

小さな声で返事をする美緒。満足そうにその姿を眺めると、動作確認のために両方の電源を入れる。

「——おお！　動いた！」

「……」

悠斗の手元で、バイブが動き電マが震えた。

「思ったより強いのかな？　どうなんだろ。……まぁ、試してみればいっか。……ねぇ？　美緒」

「う……」

一度止めると、悠斗は美緒の秘部にバイブをあてがった。

「これでイケるか試してみようね？」

「……」

「『お願いします』って言わなきゃ」

「……っ……ぉ、おねが、い……し、しま、す……」

言葉の一つひとつが、美緒の心に絡まっていく。期待と不安に呼吸が荒くなった。

「んー、ローションとかいるかなと思ったけど、いらなさそうだね？　これだけ濡れてたら。そのまま挿《い》れるよ？」

「――ぅぐっ！」

グググ、と悠斗はバイブを美緒の中に一気に押し込む。引っ掛かることもなくスルスルと一番奥まで辿り着く。

「ここまでかな？　もうちょっと入る？」

「うぅ……っ……ぐ、っ……」

グリグリと動かしながら、更に奥まで入れようと悠斗は押し込んだ。

「あああ……」

「入った。……じゃあ、動かしてみよっか？」

見えない分、他の感覚に意識が集中する。圧迫感に少々苦しさを覚えるも、呼吸を整えて落ち着こうとする。

「――ひっ！　ぁ……あぁ……！」

「……すご……これ、結構大きいのかなって思ったんだけど。全然、奥まで入るじゃん」

「っ……ぐぅ……」

「……苦しい？」

「ぃ……っ……ち、ちょっ……と、だけ……っ」

「なら大丈夫かな」

「っあああ――」

そのままゴリゴリと中を押しつぶすようにバイブを動かす。

「ぅ……ぁ……ぐ……っ……」

「この奥のほうにね？　性感帯があるんだって」

「あ……ふ……」

「ずっと刺激し続けたら、ここ触っただけでイクようになったりするのかな……？」

「……ぅ」

「あー……聞こえるよね？　音、してる。……よく見えないな？　明かり、つけちゃおっか」

「うぅ……」

美緒は左右に首を振った。子宮が受ける刺激が強く、否定として伝えるのはそれが精いっぱいだった。

「嫌？　そうだよね。美緒、明るいところでするの、好きじゃないもんね」

「はぁ……っ……く……ぅ……っ」

「でも、今日はつけちゃおうかな。良いでしょ？　美緒は見えてないんだから」

「あっ……あ……ぁ……」

「動いちゃダメだよ？」

一瞬、悠斗の手がバイブから離れる。言われたことを守るように、美緒はじっと動かなかった。

「……うん、このほうがよく見える。……当たり前か」

「あ……ゆ、うく、ん」

「何？」

「こ、これ、く、くるし……」

「……そっか、じゃあ気持ち良くなるようにするね？」

「――ぁ」

「いきなり最大は止めとくから。楽しみはとっておかないと……」

「あっあっ……あぁ……！」

「すごいなぁ。美緒の大事なところ、めいっぱい広がってる。ほら、動かすとさ、中からトロトロの液が出てくるの……」

スイッチの入ったバイブは、振動と回転で美緒に刺激を与えた。それだけでなく、悠斗が上下に動かすことで、三つの刺激を同時に与えている。

「忘れてた。これ、クリのバイブもついてるの。……美緒なら、すぐイッちゃうかもね」

「ゆ……っ……あ……ぁ……」

「待ちきれない？　じゃあ、直接当てちゃおっか」

（待って……ユウ君……！）

美緒は上手く喋《しゃべ》ることができなかった。それを知ってか知らずか、悠斗は自分のペースで事を進めていく。

「やっぱり真っ赤に充血してる……どうしようかな……」

「あっあっ……ぁ……」

「欲しそうに見えるよ？　早くイキたい？」

悠斗の問いに、美緒はどう答えたら良いのかわからなかった。今までにも似たような台詞を言われてきたが、今日の悠斗はいつもと違っていた。

特に、目隠しをされている今、頼れるのは耳と肌から伝わる感覚。聞こえてくる声が、楽しそうで、それでいてどこか焦っているようにも感じた。

「教えてほしかったけど……まぁ、良いかな。俺のしたいようにしちゃうよ？」

「んっ……ぁ……あぁぁぁあ――」

押し当てられたクリ用バイブが、容赦なく振動した。美緒のクリトリスに直接当てられたそれは、中に入ったバイブと共に、美緒を絶頂へと導く。無機質な音が部屋に響く中、声を上げながら腰を浮かせた。

「く……ぅ……っ……あっ……ひ……っぃ……」

「気持ち良さそう……。もう一回、イクところ見せて？」

「んっ……くっ……ぅ……」

「いっぱい気持ち良くなれるように、クリにも刺激をあげようね？」

「あっ――ぁ――」

声が出ない。強い刺激でイッたばかりの身体は、再度敏感なクリトリスに与えられた刺激に耐えられない。

「あっ――！　ぁああ――」

「苦しいの？　すぐ気持ち良くなるよ。そしたら、またイクでしょ？」

悠斗はバイブを動かすことも止めようとしなかった。それどころか、先ほどよりもずっと奥に入れるつもりで動かしている。

一度イッたことで、中は愛液に溢《あふ》れていた。バイブが動く度に、ズチュズチュと音を立てて中から溢《あふ》れてくる。

「ほら、イッて？　イク姿見せて？　俺の手でイク美緒のこと、何度でも見たいの」

強いと思っていたクリトリスへの刺激が、いつの間にか心地良い刺激へと変わる。慣れとは怖い。心地良い刺激へ変わった後、すぐに絶頂を迎える刺激へと変わるのだから。

「いっ――ぁ――っ――！」

身体を震わせて腰を浮かす。

「あぁぁぁ――」

呆気なく一度もイッてしまった。それだけ美緒の身体は敏感になっていた。

「可愛いよ、美緒。……あれ。バイブ抜こうかと思ったけど、気に入ったのかな？　吸い付いて離れないよ？」

「はぁ……ぁっ……そっ……そ、んなこと……ぉ……っ」

「もっと味わいたい？　一回スイッチ切るけど……そうだなぁ……」

悠斗はバイブのスイッチを切ると、美緒の下腹部を撫でた。

「次イク時は、ちゃんと教えて？『イク』って言ってよ」

「は、恥ずかしい、から……」

「俺しか聞いてないから良いじゃん？　それに、イク時教えてくれたら。――その瞬間をもっと気持ち良くできるかもしれないでしょ？」

耳元で囁《ささや》く悠斗の声が頭に響く。

「できる、よね？」

「っぁ……は、はい……」

「うん、良い子」

悠斗は美緒にキスをすると、バイブを前後に動かし始めた。

「あっ……んっ……」

「次は、俺が舐めてあげる」

「ひ、あ……っ……あっ……んっ……んん……」

バイブの頭が、美緒の中の気持ち良い場所を擦《こす》っていた。

（また……またっ……すぐ……い、イッちゃう……ぅ……）

規則的にバイブを動かす悠斗の手は止まらない。同じように、クリトリスを舐める舌も止まらなかった。

「はっ……あっ……」

「……」

悠斗の吸い付き舐めるピチャピチャという音が、バイブを抜き差しする音と一緒に鳴っている。

自分からこの音がしていることを再確認してしまった美緒は、今のこの状態に、悠斗にされていることに喜んでいると認識した。

（気持ち良い……気持ち良いよ、ぉ……）

「あっあっあ……」

（もう……イク…）

「あ……」

言わなければならない『イク』という言葉。言うことに抵抗はある。が、口にしたほうがより気持ち良くなれるのではないか――

ぼんやりと考えた美緒は、声を絞り出した。

「――っ……イ、クっ……イッ、ちゃ……あ……ぁ……っ――――！」

美緒が全てを言い切る前に、悠斗はバイブのスイッチを入れ、上下に小刻みに動かしながら、奥へと押しつけた。

クリトリスへの刺激も、チロチロと舌先で舐める刺激から、唇全体で覆い吸い付くように舌全体で少し強めに舐める。

（つ……強……つぅ……）

「う……んっ……あぁ……っ……！」

今までで一番強い刺激に、美緒は大きな声を上げた。

「はぁ……あぁ……っ……は……」

「……えらいね。ちゃんと『イク』って言えたね」

「うぅ……っ……」

「一回抜こうか」

「んっ、うっ……！」

「全部出たよ」

「ふぅ……あ……あぁ……」

悠斗がゆっくりとバイブを引き抜いた。トロトロとバイブにつられて愛液も一緒に流れ出てくる。

今までヌルヌルしていた分すんなり動いていたとはいえ、サイズとしてはギリギリのモノが美緒の中を満たしていたのだ。内側から押し寄せてくる圧迫と、ほぼ無理矢理に与えられる刺激からくる支配。急にそれがなくなって、美緒はある種の喪失感を覚えていた。

「見て……って、それじゃあ見えないか」

「はぁ……っ……」

「呼吸が荒いね？　辛かった？　……でも、気持ち良かったでしょ？」

「う……」

「今、美緒のココ、すごいことになってるよ？」

「ふぅぅ……」

「教えてあげる。広がっちゃってるよ、すぐに元に戻ると思うけど。それでね、ピクピク動いてるの。……もしかして、バイブを探してるのかな？」

「ち、ちが……」

「あれ？　今、キュッて閉じようとしたよ？　反応するんだね。こうやって。……面白いなぁ」

美緒からは何も見えない。が、悠斗は今、美緒の身体を隅々《すみずみ》まで見ているのだろう。視線は特に秘部に集中し、知りたくないコトを美緒に伝えている。

「よいしょ……っ」

「あっ……」

「大きいの入ってたからさ、指で開いたら、ここまで広がるの。中はまだヌルヌルしてるね。シーツ濡れちゃったけど、バスタオル敷いて寝れば良いよね？」

惜しげもなく、美緒が恥ずかしいと感じる言葉を投げかける。悠斗はわかった上で言葉を選んで発していた。

「んん……そろそろ俺のを挿《い》れちゃおうかな？　こんなにグズグズなら、そのまま入っちゃうよね？」

「んぅ……っ……あっ……」

グチュグチュと、悠斗はわざと大きな音が鳴るように、美緒の秘部を掻《か》き回した。

「美緒、口、開けて？」

悠斗の言葉に、美緒はゆっくりと口を開いた。

「うん、そのまま」

「――んぅ――！」

悠斗は自分のモノを美緒の口の中にいれた。

「んっ……ぐ……っ……ぅ……」

「別に、濡らさなくても入ると思うんだよね。でも、美緒にはわかんないでしょ？　今の俺がどうなってるか」

「んっ……ん……」

「美緒の姿見て、興奮してたってわかる？　早く挿《い》れたかったんだけど。気持ち良くなってる美緒もずっと見ていたくて」

「ぅ……ぅ……ん……っ……」

「結構我慢したつもりだけど、やっぱり挿《い》れたいよね」

「んんん――――！」

「こっちもね、奥まで入るね……。でも、ちゃんと下に挿《い》れてあげるからね？」

「……っ……あっ……！」

美緒の口の中を悠斗のモノが蹂躙《じゅうりん》する。強引に押し込まれたソレに対し、美緒は精一杯舌と唇を這《は》わせていた。

満足したのか、それとも我慢できなくなったのか。悠斗が美緒の口の中から自分のモノを引き抜く。粘度のある唾液が、悠斗のモノから糸を引いていた。

「はぁ……っ……はぁ、はぁ、はぁ……ぁ……」

「ありがと」

「あ、ん……っあぁぁ――――！」

引き抜いたモノを、悠斗は何も言わずに美緒の中へと押し挿《い》れた。

「あっ……あ……っ」

「あー……あったかい……。やっぱりヌルヌルだね。そんなに気持ち良かったの？」

「うっ……ん……っ……」

「これ、俺イッちゃうのもったいないなぁ……」

「あっあっ……ゆう、く……んっ……」

「――試したかったこと、やるね？」

「……ん……っ……？」

美緒には何もわからない。ただ、自分の中に悠斗のモノが入っていることしかわからないのだ。

「……いくよ？」

「……あぁぁぁぁ――！」

「……っ……すご……振動が直接来るじゃん……」

「ひ……ぃ……ぁ……」

悠斗が試したかったこと。それは、美緒に自分のモノを挿入したまま、美緒のクリトリスを電マで刺激してイカせることだった――

「あぁぁ――」

身体が震える。

「あー……もうイッちゃったの？　刺激が強いのかなぁ？」

「ふぅ……ぁ……と、止め……っ……」

「ヤバイ、俺もイッちゃいそうだわ、これ。一回止めてあげるけど……」

「はぁ……っ……あ……んっ……」

「電マだけね？」

「んっ……は……はい、ぃ……」

一度電マを止めるが、悠斗は依然動いたままだ。ずっと、美緒に刺激を与え続けている。

「ねぇ、気持ち良い？」

「いっ……いい……ぃ……」

「美緒、あんまり言葉になってないよ？　ま、それでもわかるけどね……」

「だ……っ……てぇ……っ」

「……すごいよな、電マって。めちゃめちゃ振動強いじゃん。そりゃ、クリよわよわで、中から攻められるの好きな美緒は、すぐイッちゃうよね」

「うぅ……うぅ……」

「あー……締まった。恥ずかしかった？」

「や、だっ……や……ぁ……」

「んー……でもさ」

再び電マのスイッチを入れると、美緒のクリトリスへとあてがう。

「んんんん――――！」

「うわ……すっごい締まってる……これ、大好きなんだね……」

「あぁぁぁぁ――――！」

痺《しび》れるような感覚がクリトリスから全身に走る。何度か既に絶頂を迎えている美緒は、一気に駆け上がる快楽に全身を震わせながらまた絶頂を迎えた。脇の下や首元、膝や肘の裏がじっとりと汗ばむ。何度も奥から声を絞った美緒の喉は、もう嗄《か》れかけていた。

「あ……はは……。こんな姿の美緒を見られるなんて………何だ。もっと早くすれば良かった……」

「ゆぅ、く、ん……ゆう、くん……」

「何？」

「う……ぎゅって……ぎゅってし、たい……ぃ……」

「わかったよ」

悠斗はゆっくりと美緒のアイマスクを外した。うっすらと両の瞳が涙に滲《にじ》んでいる。

「……あ……ごめん、美緒……」

「……どうして？」

「痛かった？　嫌だった？　俺、つい……ほんとにゴメン！」

「ううん。……嫌じゃ、ないよ……？」

「……平気？」

「うん。えっと……ユウ君の……って気がして……。その、嫌いじゃない……というか……むしろ、す、好き……というか……」

どんどん美緒の声が小さくなっていく。悠斗の申し訳ないという気持ちに『とんでもない、そんなこと思わなくて良い。何なら自分は嬉しいんだ』と。そう答えようとしたのだが、喋《しゃべ》っていくうちに自分の発言が急に恥ずかしくなってしまったからだ。何も考えず口にしたまでは良かったが、改めて頭の中で反芻すると、自分にとって恥ずかしい言葉以外の何ものでもなかった。

「美緒がそう言うなら……良い、んだよね？」

「……うん」

コクリ、とゆっくり頷《うなず》いた。

「じゃあ……もう、最後までシちゃうよ？」

「うん……シて……ほしい、な」

美緒はぎゅっと悠斗を抱き締めた。それに応えるように、悠斗もまた美緒を抱き締め返す。

「……俺さ、もっと、自分では冷静なタイプだと思ってたんだけど」

「……うん？」

「全然、そんなことなかったのかもしれない」

「そう、かな？」

「うん。……美緒に関しては……だけどね」

「──んんっ！」

悠斗は少しだけ密着した美緒の身体を引き離すと、まだ昂《たかぶ》ったままの自分のモノを挿入した。

「ぅ……す、きっ……ゆうくん……好き……ぃ……」

「俺もだよ、美緒。愛してる」

「あっ……ぁ……わたし、も……」

「美緒……」

「んんぅ……」

「……ねぇ、アレ、もう一回やっても良い？」

「え……ぁ、あれ……って……んんっ……な……ぁ……っ……！」

「中に挿《い》れたまま、電マでクリいじめるの。気持ち良かったんでしょ？」

おもむろに電マを手に取ると、再度美緒のクリトリスにあてがい、スイッチをオンにした。

「あぁぁぁ――」

「……コレ、俺もすぐ出しちゃう気がする……」

「ふ……っ……ぅぅ……！」

「ね……。あー……気持ち良いね、美緒」

「だっ、め……だめ、ぇ……」

「イク時は、ちゃんとまた『イク』って言うんだよ？　分かってるよね？」

「うぅ……ぁ……っ……いっ……いぃ……」

「もう、イッちゃうかな？」

「ひっ……ぃいっ……いっ……ちゃ、あぁ……っ！」

「……良いよ、イッて。あー……俺も、出すから――」

美緒は堪《こら》え切れずに大きな声を出した。この部屋に、それを喜ぶ者はいても、咎《とが》める者は誰もいない。

美緒が身体を大きくのけ反《ぞ》らせて果てた時、悠斗もまた美緒の中に精液を放ち同様に果てていた。

「……はぁ……はぁ……。美緒？　大丈夫？」

「うん……だいじょうぶ……ふぅ……っ」

「……何か、めっちゃシた気分……」

「あはは……」

「大丈夫？　しんどくない？」

「うん……。平気だよ……？」

「それなら良いんだけどさ。……ちょっと、流石《さすが》にやっちゃった感というか、何というか……」

「……別に良いの。ユウ君だし……」

「そう言ってくれるなら嬉しいけどね」

美緒は悠斗の、今までにない一面を見た気がしていた。それは美緒にとって、意外でもあり、嬉しくもある一面だった。


——結婚祝いも終わった翌週の月曜日、仕事も終わろうとする頃に美緒はエリア長に呼び出されていた。

「ゴメンね櫻井さん。急に呼び出したりして」

「いえ、大丈夫です。……それであの、何かありましたか……？」

「あぁ、そんなに怖がらないで。結婚祝いの会にさ、僕行けなかったじゃない？　ゴメンね」

「そんな！　お忙しいことは重々承知しておりますし、その、参加希望を出してくださっただけでも、ありがたいお話だと思っておりました」

「謙虚だねぇ。今日はちょっと二つ話があってね。まずはこれ。金曜日に渡そうと思ってたんだけど、行けなくなっちゃったから渡せなくて。結婚祝い。おめでとう」

「えっあっ……い、いただいても良いんでしょうか……？」

「良いの良いの！　二人には末長く会社でも頑張ってもらいたいし。……あー、こんなこと言ったらプレッシャーになるからダメだね？」

「……いえ！　ありがとうございます！　今後も頑張ります！」

「おっ、良い返事！　気に入ってもらえると良いんだけど。開けてみてくれる？」

「はい！」

促されるまま、美緒はもらったお祝いの包装を開けた。立方体のフォルムに、意外とある重量感。

（一体何だろう……？）

丁寧に包装紙を剥がしていく。

（……桐の箱……？）

中から現れたのは、桐の箱だった。

「結構オシャレだと思うんだけどね？」

「そうなんですね？　ええっと、ここをずらして……」

スライド式になっていた、桐の箱の蓋を外す。すると、中から現れたのは……。

「これは……ペアグラス？　綺麗ですね、二層になったガラスの色と、この模様……」

「そうそう。これ、薩摩切子《さつまきりこ》」

「さっ、薩摩切子《さつまきりこ》……!?」

「僕のお気に入りのお店なんだけどね。いいやつあるじゃんと思ってさ」

「切子《きりこ》ってその、お高いのでは……」

「そこそこ？　あー、でも、せっかくのお祝いなんだから、値段は気にしないでね？　喜んでもらえたらプライスレスでしょ？」

「……すごく嬉しいです。こんなに綺麗なグラスがあるんですね……。だ、出してみても？」

「もちろんだよ。手にとって見てみてほしい」

「早速……」

美緒は箱の中からグラスを一つ取り出した。濃淡が美しい、細かな細工の入ったグラスだ。下地は淡いピンク色に見えるが、立体的な部分は紫色になっている。可愛らしさも兼ね備えた見栄えだ。もう一つは同じ形で同じ細工のものだったが、色が異なっており下地は水色で立体的な部分は藍色の、どちらかといえば男性向けの色合いの涼しげなグラスだ。

「どう？　僕的には結構良いと思うんだけど」

「すごく素敵です！　きっと、悠斗さんも同じ感想だと思います！」

「そう言ってもらえたら、探した甲斐があるね。良かった」

「本当に、ありがとうございます！　……使うのがもったいない……」

「あはは。飾るのも良いかもしれないけどね。せっかく使えるものだから、ジャンジャン使っちゃってよ」

「そうします」

思わぬプレゼントに、美緒は顔を綻《ほころ》ばせた。

「いやー、良かった良かった。一応さ、自分の嫁さんにも聞いたんだけど『綺麗だし実用的なものだから良いんじゃない？』って言ってもらえてね。渡すまでドキドキするものだね」

「奥様にも、お礼を伝えていただけると嬉しいです」

わざわざ選んでくれたこと。何を渡したら良いか考えてくれたこと。その二つが嬉しい。やはり使うのはもったいない気もするが、使わないのももったいないのだろう。

「うんうん、それでえーっと、二つ目ね」

「あっ、はい。それは何でしょうか……？」

「笹野から聞いたんだけどね。あ、主には奥さんのほう」

「……はい」

「うん、『察しがついた』って顔してるね。……その通りだよ」

(弓形さんの話……！)

今朝美緒は会社に着いた後、たまたま自分よりも先に来ていた笹野に、結婚祝いの会の話をしていた。誰か来て……主に弓形が来て聞かれるのは困るため、わざわざ会議室を予約して。

そこで話した時の笹野の反応は、思っていた通りのものだった。

「——そんなことがあったのね」

「……はい。悠斗さんにも『席の変更とか、できることからやれるとは思うから、話したほうが良い』と言われまして……」

「そうね。もしかしたら、アナタだけじゃなく他の女の子たちも社内で何か言われているかもしれないし、今後言われるかもしれないし。要注意人物として知っておくには良い機会だったわ。櫻井さんには申し訳なかったけど」

「いえ！　私は全然……」

「ごめんなさいね。私が代わりに見に行くか、他の女の子に頼めば良かったわ。それか、悠斗君。……そのまま弓形さんに行かせるんじゃなくて」

「そんな……。あれは、誰にもわからなかったと思いますし……」

「悠斗君はすごいわね。ちゃんと気にしていたんだもの。私も気にしてたけど、あー……気にしてたつもり、だったのね。池下さんと設楽さんでいっぱいいっぱいだったわ。言い訳になっちゃうわね」

「全然！　そんなことないですから！　……それに、池下さんと設楽さんの件は、やっぱり助かりましたし……」

「目立ってたからね、あの二人は……そうすると、あの二人に隠れて実行した感が否《いな》めないわね。確信犯だし、普通にセクハラだし問題よ、もう……」

笹野は頭を抱えた。一方的に異性に対して何かを強要しようとする。それだけで好ましいこととは言いづらい。それに今回の場合、美緒は既婚者だ。夫の悠斗も同じ会社に在籍しており、今回の事が起こったのはあろうことか『結婚祝いの会』なのである。弓形は美緒が既婚者だということは当然知っていて、だからこそ結婚祝いの会にも参加している。『知らなかった』などは有り得ない。

「今日は、まぁ欠席の電話は来てないから、普通に出社してくるんじゃないかしら。まずは座席の変更からかしらね？　やりづらいでしょう？」

「……はい、すみませんがお願いします」

「良いのよ、これくらい。後は社用携帯と会社メールに変なものが送られてこないと良いけど。プライベートな連絡先は知らない？」

「知らないはずです、交換した記憶はありませんし」

「今後聞かれても、答えないようにね。今回のことがあるから、それを理由に断りなさい」

「わかってます」

「あとは……夫にも伝えておくわ。知らなかったら、何かの折に一緒に仕事させちゃうかもしれないし。察しが良いんだか悪いんだか、よくわかんないのよね」

はぁ、と溜息を吐いて笹野はやれやれと笑った。

「うーん、どうしましょう？　一度、様子を見てみる？」

「……そうですね。仕事に支障がなければ、その、あまり大事にしたくないというか……」

「その気持ちはわかるわ。アナタに非がないとはいえ、広まったりしたら中には『お前が誘ったんだろ』っておかしな発言する人間も出てくる可能性がないとは言い切れないし。そしたら傷付くのは櫻井さんだしね」

「……ありがとうございます」

「一応、悠斗君にも話を聞いて良いかしら？　難しいけど第三者としての話も聞いておきたいし。目撃しているなら、ね」

「構いません。――もし、ユウく……悠斗さんが何か希望することがあったら、そちらを優先してください。多分、その、私のためにって色々考えてくれていると思うので……」

「わかったわ。その時は、私か悠斗君か……必要があれば上にも話がいくかもしれないから、心に留めておいてね」

「……はい」

「……ったく！　あの馬鹿何してるのよほんと……」

「ビックリしました……」

「そりゃビックリするわよね。災難だったと思うのよ、私がその場にいたら、一発や二発ぶん殴ってやったのに！」

笹野はストレートでパンチを繰り出す真似をした。彼女的には本気でそう思ったのかもしれない。

「……完全プライベートならちょっと口も出しづらいけど、今回は会社メンバーが参加した飲み会だから。櫻井さんが今後困らないように善処するからね？」

「笹野さん……ありがとうございます……」

「良いの良いの。そういうのは根絶したい……けど、恋愛とか好意自体は自由だからね……」

「……その、私が言うのもアレですけど、思うだけなら自由、ですもんね……」

「そうなのよ。既婚者に片想いで誰にも言わない……まぁ、本人とかその近辺にはね。言わなければそうそうトラブルにもならないだろうし、気まずい思いもしなくて良いと思うんだけど」

「私もそう思います」

「ま、中には聞いた人が暴走して頑張っちゃうパターンもあるから、今回はそれがないだけマシ……かな」

「……確かに……」

「それこそ池下さんや設楽さんが知ってたら、変なヤジ飛ばしたり気を回したりした気がするのよね。……何か、やってないのに腹立ってきた」

「飲み会の時の態度がアレだったからですかね……？」

「……それは大いにあるわね。とにかく、話してくれてありがとう。こちらも具体的な対処を考えるわ」

「お手数おかけしますが、よろしくお願いします」

「嫌かもしれないけど、とりあえずは気にしてないふりして仕事してくれる？」

「はい」

「アナタに気を遣わせたくはないんだけどね……はぁ……」

「あはは……大丈夫ですよ」

——この後笹野は、何度か長時間席を外してどこかに行っていたようだった。その時一緒にいた相手が、悠斗やエリア長だったのかもしれない。

「……弓形君ね、まぁ、悪い噂はそんな聞いたことなかったんだけどねぇ。僕がここのエリア長に就任して、その頃からの付き合いだけどね。意外といえば意外だったかなぁ。ホラ、やっぱり真面目そうに見えるし」

エリア長は首を傾《かし》げて呟《つぶや》いている。美緒も今回のことが起こるまで警戒したことはなかった。軽く誘う素振りを見せても、それをいなせばその場で終わっていたからだ。頻度も多いわけではない。好ましいとは思えなかったが、冗談で済ませられる範囲だった。

(うぅ……もしかして、何か大事になってしまった……?)

笹野と話をした時に、『上に話す』という言葉も出てきていたのはわかっている。軽く注意が入って終わりか、あっても面談か。自分に向けての謝罪は特になくて、笹野から『こういう話をした』と聞いて終わると思っていた。

——まさか、エリア長からその話が振られるなんて。

美緒から見れば、エリア長はかなり上の役職だ。笹野の夫よりも上で、一般社員は普段そこまで接する機会はない。総務という仕事柄からか他の人に比べて少し多いというレベルで、美緒は顔を合わせていた。それでも会えば緊張もするし、周りの反応を見て身の引き締まる思いをしていた。

「でね、これは言っていいって言われてるから言っちゃうんだけど。わざわざさ、笹野夫妻と君のご主人がね、僕のとこに来て話してくれたのよ」

「え……悠斗さんも……?」

「そうそう。愛されてるねー。あ、こんな言い方したらセクハラになっちゃうか。ゴメンね、そんなつもりはなくて」

「あっ、えっと、大丈夫ですのでお気になさらず……」

「悪いねぇ。それでね、結構強めに言われてね、『どうにかしてほしい』って」

「それは……あの……笹野さんご夫婦でしょうか? それとも、悠斗さんのほうから……」

「悠斗君だね。笹野夫婦は『悠斗君がそう言うので、自分たちもそれを推します』って感じだったかな？」

「そう、ですか……」

「で、だよ。君の意見も聞いておきたくて。もう話したくないかもしれないけど、あったことを本人の口から聞きたくてね。嫌ならボカしてもらっても良いから、教えてもらえないかな？」

「……わかりました」

（……めちゃめちゃ大事になってる……！）

希望とは裏腹に、会社が動く大事になりそうな予感がしていた。しかし、周りが好意でこうやって言ってくれたのだ。自分が台なしにするわけにもいかない。それに、まだ何が起こるのかはわからない。今回は話を聞くだけで終わって、表面化はされない可能性だってある。

下手に断ったりしないほうが良いだろう。もしかしたら、今後同様のことが起こった時に、会社として抑止力を作りたいと思っているのかもしれない。……できれば、自分だって二度と遭遇したくない。そう思っている。

「……その、既にお聞きしている内容と、相違はないとは思っているのですが。……あの日はですね……」

時々詰まりながら、ゆっくりと美緒は起こったことを話していった。

あまり時間はかからなかった。エリア長はただたまに頷《うなず》きながら難しい顔をしていた。

「……という訳なんです。あの、一応その、実害？　みたいなものはなくて……」

「うんうん。あぁ、でも、腕は掴《つか》まれているね？」

「あ……そ、それは確かに……」

「それは一回だけ？　痣《あざ》になったりしてない？　痛くない？」

「えっと、一回だけです。痣《あざ》にもなってなくて……。確かにその当日はちょっと痛かったような、気になる感じはあったんですけど……。今は全然ありません」

「そっか、傷になったり、痛みが長引いたりしなくて良かったね」

「はい」

「……でも、怖かったよね。お詫びするよ。自分の部下が大変申し訳ないことをしたね」

「そんな、エリア長は別に……」

「いやいや。部下の失態だからね。即答で彼に対する処遇は答えられないけど、放置することはしないから」

「あ、ありがとうございます……」

「今は席が隣なんだってね？　そこはちょっと、総務部全体の配置換えってことで、席替えしてもらうことにするから。二人のところだけ席変わったら、ちょっと変でしょ？」

「助かります」

「弓形君に話を聞くのは、ちょっと待ったほうが良いと思っているんだけど、どうかな？　妙な噂立てられても困るだろうし、金輪際そういうことがない可能性もあるしね。それなら反省したか、ヤバいことやっちゃったなって思ったってことでさ」

「はい、それで問題ありません」

「うんうん。じゃあちょっと、こちらでも気にはしてるから。何かあったら、いつでも教えてね。言いづらかったら、笹野夫婦経由でも良いし」

「分かりました」

「うん、何もないことを祈るよ」

「……私もです」

苦笑いを浮かべる美緒を見て、エリア長もカラカラと笑っていた。

キーンコーンカーンコーン——キーンコーンカーンコーン——

定時を告げる鐘が鳴る。

「あ、定時……」

「しまった、喋《しゃべ》りすぎちゃったかな」

「とんでもないです」

「ごめんねこんな微妙な時間に」

「あっ、いえ、大丈夫です。わざわざありがとうございました」

「じゃあ、何かあればまた呼ぶかもしれないけど。普段はできるだけそうならないように配慮するつもりではいるからね」

「はい。それでは、失礼します」

「うん、それじゃ、お疲れ様」

「お疲れ様でした」

ペコリと頭を下げて、美緒は部屋を後にしようと、ドアを開けた。

「あ、あと一つだけ！」

「……？　何かありましたか……？」

「これね、本人が知ったら怒るかもしれないから、内緒にしてくれる？」

「……え？　えぇ、構いませんけど……」

「悠斗君なんだけどね？」

「……はい」

何だろう？　と、思わず美緒は身構えた。

「彼、めちゃめちゃ君のこと好きだね」

「……はい？」

「冷静にしようとしてるのは伝わってくるんだけどさ、言葉の端々に嫌味がすごいし、でも丁寧だし言い回しも柔らかいから、こりゃお客さんはみんな話を聞いて『わかりました』しか言えない気がしたよ」

「えぇっと……？」

「遠回しに弓形君のことすんごく責めてたよ。んで、絶対許さないって感じ。『俺の嫁に何してくれとんじゃい』ってのがね、ダダ漏れでね。……多分ね、会社関係なかったら、一発や二発ぶん殴ってたと思う」

「あ……それ、笹野さんの奥様もおっしゃってました……」

「あはは。それだけ目に余ったのと、みんな君のこと好きなんだよ」

「き、恐縮です……」

「いやー、ごめんね、呼び止めちゃって。……僕、ぶん殴られたくないから、内緒にしといてね？」

「……ふふっ。わかりました」

「あー、良かった。それじゃ、またね」

「はい、また」

部屋を後にした美緒は、ホッと胸を撫で下ろすと帰宅のために総務部へと向かった。

4　離れたくない二人

結婚祝いの会からしばらく経ったある日のこと。悠斗と美緒は買い物に出掛けていた。近所に新しくできたショッピングモールに行ってみようという話になったのだ。

お互いカフェや雑貨屋巡りが好きな二人は、新しいお店を探しては一緒に出掛けていた。それは付き合っていた時から変わらず、今も続く趣味のようになっている。

「いやー、大きいのができたね」

「ホント。嬉しいなぁ、近くにショッピングモールあるって」

「こっちの地域新出店のお店も多いみたいだしね？」

「これは胸が高鳴る……」

「今日は朝から夜まで外食かな？」

「何てこと……！　チ、チートデイってことで良いのかな……？」

「良いんじゃない？　美味しいご飯食べよ？」

「うん！」

新しいお店に行くのは気分が上がる。それに今回は一店だけでなく、何店舗もあるのだ。とても一日で全てのお店に入ることはできない。これからしばらくの間、このショッピングモールに通うことが二人の楽しみになるだろう。

「どこから行く？」

「せっかくほぼ開店と同時なんだからさ。これから一番並びそうな、ヨーロッパモチーフのカフェにしない？」

「私もそこ行きたかった！」

二人は案内板を確認しながら、お目当てのお店へと向かう。

「……お、あった！」

「ここか――……見て？　足元がお店の入口から石畳になってる！」

「わっ、ホントだ。……何か凝ってるなぁ……」

「内装もさ、あれ、暖炉じゃない？　中で燃えてるのは偽物だと思うけど……」

「あ、確かに。……あの辺の一角、クリスマスマーケットみたいになってないか？」

「えっ、すごい！」

まだお店の入口に来たばかり。その入口から店内を覗いてみると、ガイドブックや動画で見たような世界が広がっていた。

「いらっしゃいませ！　お客様はお二人様でよろしいですか？」

「あっ、はい！」

「ご案内します。こちらへどうぞ！」

ウエスト部分が編み上げになったコルセットに、パフスリーブの白いシャツ。エンジとブラウンの切り替えになっているロングスカートが、このお店の制服のようだ。心なしか、どこかの国の民族衣装に見える。

「メニューはそちらにございますので、どうぞお決まりになりましたら、ボタンを押してお呼びください。今、お水を持ってまいりますね」

「お願いします」

ニコリと笑って小さく頭を下げると、案内してくれた女性が水を取りに行った。

「……可愛い」

「女性の制服があれなら、男性はどうなんだ？」

「私も気になる」

キョロキョロと店内を見渡す。

「……あれ、さっきのお姉さんの制服と、色違いかな？」

「あっちはアイボリーにグリーンだね。スカートの長さと、デザイン自体は変わらないみたいだ」

「……めちゃめちゃ可愛いんですけど」

「美緒、好きそうだもんね。ああいうタイプの服」

「何て言うか、女の子の夢が詰まっている気がする」

「可愛いは正義みたいな？」

「……うーん？」

「……おっ、男性いたじゃん！」

「あっ！」

白いシャツに刺繍の入ったベストを着ている男性がいた。

「……同じ系統なのかな？」

「そうじゃないか？　……多分」

普段行くお店では見られない格好だ。

「……ユウ君似合いそう……」

「そう？　美緒のほうがあの制服似合いそうだけど」

「あんなに可愛いのは着られない……」

「似たようなスカート持ってるじゃん」

「スカートだけなら！　コルセットとかはあんまりかなぁ……着こなしが難しそう」

「そういうもんなの？」

「そういうものなの！」

制服に目を奪われていた二人は、一通り話をしてようやくメニューを開いた。

「アルコールメニューもあるね。あ、ビール。フルーツ系もあるよ」

「私はこの焼き菓子系をお持ち帰りしたいです……」

「買って帰る？」

「帰る！」

ヨーロッパの中で特定の場所を決めているわけではなく、大雑把にいろんな国の料理や雑貨を販売しているらしい。粉砂糖やチョコレートで覆われた、ドーナツのようなボール型のお菓子のドイツの『シュネーバル』。リンゴの甘煮を薄いパイに挟んで、横にバニラアイスクリームを添えた、オーストリアの『アプフェルシュトゥルーデル』。外はモチモチ、中はカリカリでバニラビーンズとラム酒の香りが効いたフランスの伝統菓子『カヌレ』といった面々がメニューのスイーツページを彩っていた。

イートインだけではなくテイクアウトにも対応しており、豊富な種類のスイーツをお土産として楽しめるよう、配慮がなされていた。

「……どうしよう……選べない……」

「スイーツはいくつか持ち帰るとして、まだ昼食には早いもんな。お昼何にするかと、いつ食べるか時間にもよるけど、ちょっと軽めにしておく？」

「うーん……そうしようかな……」

「お！　これはどう？　トルコ料理だって。……メネメン？　初めて聞くなぁ」

「へぇ、野菜が入ったスクランブルエッグなのかな？　トルコ料理って、確か世界三大料理の一つだよね？　これは味に期待できるかも！　……あ、でも、これって具が多いのかな……わかんないな……」

「一つはこれにしてみる？　サイドでパンとスープ、サラダが付いてくるみたいだね」

「なるほど、結構ボリューミーな気がする。それ半分こにして、あとはクロワッサン頼んでみない？　ついでに、パン・オ・ショコラも！　ちょっとおやつっぽい気もするけど、パンだし一個ずつならそんなに多くないよね？」

「良いんじゃない？　後は飲み物かな……」

「どうしよう、ハーブティーにしようかな、それともオレンジジュース……」

「俺はアイスのカフェラテにしようかな」

楽しそうに注文する品を決めていく二人。メニューは多いが、今のお腹の状況と相談した結果、二人にとっては比較的軽めの食事となった。その頃にはチラホラと他の客が店に入り始め、悠斗と美緒が座っている席の隣にも、一組のカップルが案内される。

「こちらのお席にどうぞ」

「はーい」

「どうも」

「メニューはそちらの冊子をご覧ください。今、お水をお持ちしますね」

隣の席に人が来たことで、無意識にその席へチラリと目線をやった。ペコリとお辞儀をして去っていく店員の姿の奥に見えた、一組のカップルの姿。

「……あれ？　省吾《しょうご》？」

「え？　……あ！　悠斗！」

「マジ？　久しぶりじゃん！」

「いつぶり？　ってか、結婚したんだよな？　えーっと、そっちの子が奥さんだろ？　おめでと！」

「ありがと！　あーっと、いつだっけ？　でも、二年くらい……？　おう、そうそう。妻の美緒。

こっちは大学時代バイトしてたところで一緒だった省吾」

「こんにちは」

「こんにちは！　あー、悠斗の口から『妻の』なんて台詞聞くとは思わなかったわ」

「何でだよ」

「いや、何かもっと、遊びまくってから結婚するかと思ってた」

「その言葉、語弊あるだろ」

「へーい。ま、お前は真面目だったからな」

「そういうお前は？　どうなの？」

「あ、彼女の晴香《はるか》ね」

「はじめまして、晴香です」

「はじめまして、悠斗です」

「こんにちは、美緒です」

少々ぎこちないが、互いに挨拶を済ませた。悠斗と省吾は、悠斗の言うように学生時代していたバイトの同期で、バイトの終わりによく遊びに行っていた仲である。社会人になってからも交流は続き、主に連絡を取り合うことが多かったが、一、二年に一度は当時のバイト仲間で集まり、飲み会やカラオケ、バーベキュー等を行っていた。

結婚式と披露宴にも招待するつもりで予定を組んでいたことと、学生時代から何度も聞いた名前であったため、実際会うのは初めてではあったが省吾の名前は美緒も覚えていた。……大好きな悠斗の友人に会うことは、美緒にとっては嬉しい経験だということを、悠斗は知らない。

美緒は聞いた悠斗の友人の名前、知人の名前、会社の取引先の相手に好きな芸能人を、全て記憶している。相手が男性であればその話についていけるように、相手が女性であればその人物の悠斗が好きな部分を取り入れて、いつまでも悠斗に好きでいてもらえるように。

自分が悠斗を大好きで、他の誰を含めても最推しであることに変わりはないが、既に結婚までしているのに自分が悠斗の最も好きな相手でいつもいられる自信がなかったのだ。

——好きだからこそ、常に不安と隣り合わせで、漠然と心配になってしまう。

美緒は常に弱気な自分を隠していた。それを知った悠斗に、呆れられないように。卑屈になって悠斗と釣り合わない自分にならないように。

「あ、もう注文した？」

「まだ。今から注文するよ、メニュー決まったし」

「どれが美味しいの？」

「俺たちも今日初めて来たからわかんないよ」

「それもそうか、今日オープンだもんな、この店」

「そうだよ。ま、気になるもの適当に注文したら良いんじゃない？」

「そうするわ。晴香、何が良い？」

「えー？　私はねぇ……」

省吾と晴香がメニューを決める中、悠斗は店員を呼んだ。手早くメニューを伝えると、テイクアウトの希望も先に注文して忘れないようにする。

「かしこまりました。しばらくお待ちください」

「はい、お願いします」

メニューを閉じるとおいてあった元の場所に戻し、悠斗はズボンのポケットからスマホを取り出した。

「式のことも色々決めないといけないけどさ、面倒なこともあるじゃん？」

「……それは確かに」

「ちょっとだけ、新婚旅行のこと決めない？」

「決める！」

悠斗はハネムーン特集のページをウェブで開くと、美緒に見せた。

「休み結構取れるから、ヨーロッパ行ってみたいと思うんだよね」

「ヨーロッパ良いよねぇ……。このお店にある国全部は無理だろうけど、何カ国かは行けるんじゃないかなって思っちゃう」

「美緒はどの国に一番行きたい？」

「えっ……難しいなぁ……でも、ドイツとギリシャとベルギーとフランス。……あ、スイスとフィンランドにも行きたい！　デンマークとスウェーデンも気になるなぁ。イギリスやオーストリア、トルコとかだともしかしてベタだったりする？　あれ、バチカンってヨーロッパ？」

「行きたい国、結構あったね」

「だって、全部行ってみたいんだもん……。全然絞り込めないよ……」

「気持ちはわかるけどさ、普通に土日休みで考えたら、フルで行ったとしても十六日間しかないからね？　行き帰りは機内泊になるだろうし」

「わかってるよう……」

「いつか子どもが生まれて、その子が巣立って自分たちだけの時間になった時のために、残しておこう。ね？」

「……はぁい」

悠斗の思いがけない言葉に、美緒は頬が赤くなった気がした。

今だけではなく、将来のことも考えてくれているのだ。自分との今後の人生を考えてくれていると思うと、思わず口角が上がった。

「どしたの？」

「ううん、何でもない」

「……そう？　まぁいっか、で、どこにするかなんだけど」

「ヨーロッパっていうのは確定で良いかな。でも、向こうで一週間泊まるつもりで行けたら万々歳ってところだよね？」

「多分ね。頑張ればもっと行けるかもしれないけど、前後で無理することになるだろうし、あんまりかな」

「それぞれの国が近いほうが良いのかな？」

「そうかも」

「ねぇ、ガイドブック買って帰っても良い？」

「まだ国決まってないよ？」

「いくつか見比べて選びたいの！」

「……まぁ、構わないよ」

「やったー！」

美緒は小さくガッツポーズをした。その姿を見て、悠斗は優しく微笑む。

先に届いたドリンクを片手に、二人はスマホでそれぞれの国の観光地や名物料理を調べていた。

ガイドブックを買って帰るのに、ある程度情報が欲しい。ヨーロッパの国全部のガイドブックがあるのかはわからないが、今のままでは売られている分全て買うことになってしまう。そういった本を読むのが大好きな美緒はそれでも良かったが、流石《さすが》に非効率だと悠斗に言われてしまうだろう。

まだ一週間で行けそうな範囲に絞り切ることはできなかったが、料理が運ばれてきたため二人は検索をやめた。

「お待たせいたしました。メネメンです」

「あ、こっちにお願いします」

「はい。――こちらが、クロワッサンとパン・オ・ショコラになります。パン類は、こちらのバスケットに入れて提供しております。分ける際は、そちらのお皿をお使いください」

「ありがとうございます！」

「テイクアウトのお品については、お帰りの際にレジにてお声がけください」

「わかりました」

「それでは、ごゆっくりどうぞ」

「わお、やっぱり結構ボリュームあるね」

「だな、サラダも多いのか。ヘルシーで良いんじゃない？」

「嬉しい。スクランブルエッグの中身は……トマトと、玉ねぎに……ピーマンかな？　見た目はスクランブルエッグっていうより、トマトリゾットみたいだね」

「確かに。……いただきます。とりあえず食べてみようよ」

「うん。いただきます！」

二人は小皿に分けると、スプーンで口に運んだ。

「結構スパイシーだな。香辛料効いてるかも。でも、多分日本人向けにアレンジしてあるよね？」

「してある気がする。あ、でも、トルコ料理って日本人の口に合うみたいだから、実はそんなことないのかも」

「え、じゃあ、トルコに行ったらすごい料理楽しめるってこと？」

「ってこと？　かも？」

「トルコは候補に入れようか」

「賛成！」

時々サイドのパンをつけて食べてみたり、小鉢に入れて一緒に運ばれてきたチーズをかけて食べた。

「……おー、美味そうじゃん。何それ？」

「メネメンって、トルコ料理らしいよ」

「へぇー、初めて聞いた」

「俺も初めて聞いたんだよな」

「それで頼んだの？　勇気あるー」

「大体見ても、見たことないメニューばっかりだったし。トルコ料理なら外れないかもってね」

「なるほどね。頭良いな」

「ま、何がきても完食するつもりではいつもいるけど」

どんどんとメネメンが載っていたスキレットに、隙間ができてくる。二人の口にはよく合ったようで、かなりのスピードでスキレットの底が広がっていった。

「……クロワッサンとパン・オ・ショコラ、思ったよりデカイな……」

「うんこれは……」

「こんなデカインだっけ？　パン・オ・ショコラは美緒のてのひらくらいのサイズあるし、クロワッサンも、俺の中指の先から手首の辺りまであるよ？」

「かなり大きめ……かも……？」

「おあー、すんごいバリバリ。うまく食べないと、全部指の隙間からこぼれていくなこれ……」

「が、頑張って食べよう……」

半分こしようとするも、クロワッサンは周りがパリパリと剥《は》がれて落ちていく。中の比較的柔らかで弾力のある部分のみが残る。フォークですくいながら、苦戦しつつゆっくりと食べていった。

隣の席にも料理は運ばれ、四人でたまに会話をしながら食事を進めていた。悠斗たちのほうが店に入った時間が早い分、食べるペースも早かったが、喋《しゃべ》りながらだからか、気づいた時にはどちらも食べ終わろうとしていた。

「ごちそうさまでした」

「ごちそうさまでした！　美味しかったね」

「そうだね。他の料理も、せっかくだからやっぱり食べてみたいよな」

「また来ようね？　季節によって、色々イベントもあるみたいだし。オクトーバーフェスと、クリスマスイベントもあるみたいだよ？」

「それは美味しいやつ。来なきゃ」

「だよね？」

「うん。……あ、ごめん、俺ちょっとトイレ行ってくるわ。待ってて」

「わかった、いってらっしゃい」

悠斗が席を立つと、隣の席から晴香が席を立った。

「省吾、私ちょっとトイレ行ってくるね？」

「お？　店出てからでも良いんじゃねぇの？」

「んー……ちょっと、口元が気になっちゃって。すぐ戻ってくるから」

「はいはい、いってらっしゃい」

省吾は晴香に手を振ると、目線を外してスマホを触る。

（省吾さんと二人か……。席も違うし、別に話しかけたりしなくても良いよね……？）

こういった場面は今までにも何度かあったが、美緒はあまり得意ではなかった。何を話せば良いのかわからないからだ。人見知りはないほうだと思っているし、できるだけ人当たり良く接しているつもりだ。相手が同性であったり、向こうから話しかけてきたり、何か共通点がある人であれば、会話をすることはさほど難しくなかった。だが、その相手が異性であったり、会話の糸口が乏《とぼ》しい場合は、そうもいかない。

（共通点っていっても、ユウ君の存在くらいだし……）

チラリと省吾へ視線を向ける。しかし、省吾はスマホに夢中になっているのか、特に気にしていない様子だった。

（ありがたい……のかな？　私もスマホ見てたら、多分そのうちユウ君戻ってくるよね……？）

もしかしたら、省吾から自分の知らない悠斗の話が聞けるかもしれない。そう思いつつも、なかなか話しかける勇気と、会話の出だしを思いつかないでいた。

（……よし！　スマホ見てることにしよう！）

省吾に倣《なら》い、美緒もスマホへと目を向ける。すると……

「ねぇ、美緒ちゃん」

「はっ、はい！」

「ごめん、驚かせちゃった？」

「あっ、い、いえ、大丈夫です！　え……っと、どうかされましたか？」

「あー、美緒ちゃんって悠斗とタメだよね？」

「はい、そうです」

「それなら、俺もタメだからさ、そんな敬語使わなくて良いよ？」

「わ……わかりました」

「それも敬語になってる」

「あっ……」

思わず口元を手で覆う美緒を見て、省吾が突っ込む。

「あはは、そんな畏《かしこ》まらないで良いし、別に何かやっちゃったわけでもないから。気楽にさ」

「う、うん……。そう、するね！」

（こ、こんな感じ……？）

ぎこちない話し方になったが、省吾は特に何も言わなかった。

「ねぇねぇ、悠斗さ、どれだけ自分のこと美緒ちゃんに喋《しゃべ》ってんの？　あ、自分って、悠斗自身のことね」

「どれだけ……とは……」

「アイツさ、結構秘密主義じゃない？　まぁ、好きな芸能人とかの話はするけど」

「好きな芸能人は知ってるかな……」

「あとは漫画とかゲームとかは話するよね。スポーツとか」

「うん、その辺は家でもしてるけど……」

「じゃあさ、美緒ちゃんの話は？」

「え？　私の話？」

「そう、美緒ちゃんの話」

「うーんと？　ユウ君から私に、私の話をするの？」

「あ、ごめん。伝わんないよな、俺日本語下手くそすぎ。アイツ、俺がバイトで一緒になって、いつだったか忘れたけど、飲み会で酒入ってから、ずっと美緒ちゃんの話してんのよ」

「私の話を？　どうして？」

「……これ、ナイショね？」

省吾は口の前で人差し指を立てると、小さな声でしぃーと呟《つぶや》く。美緒は黙って頷《うなず》き返した。

「……まだ戻ってこないよな？」

辺りをキョロキョロと見回して、最後に入口に目を向けると、省吾は美緒のほうにできるだけ身体を寄せて話す。

「高校の時から、美緒ちゃんのこと好きだったんだって」

「……えっ？　ユウ君が……？」

「そう。……あ、やっぱり、悠斗そういう話しないでしょ？」

「……うん、聞いたことない……」

「絶対言わないよなー。だって、俺にポロっと話したこと後悔してたもん。……まー、その後の進展とかを俺が逐一《ちくいち》聞いてたから、鬱陶《うっとう》しく感じたのもあるだろうけど」

「男友達にも、そういう話しないの？」

「しないね！　面白いのがさ、美緒ちゃんと付き合うことになった日、周りもドン引くぐらいのハイテンションでバイト先に来たのよ」

「えっ」

「信じられなくない？」

「し……信じられない……」

「だよね？　……まだ帰ってこないよな？　あのね……」

省吾はマシンガンのように話し続けた。

ずっど好きだった美緒と付き合えたことが嬉しくて、バイト先に今までにないくらいのテンションでやって来て、仕事が終わるまでそのテンションを引っ張っていたこと。

普段なら、何があったか、特に恋愛関係の話は自分からしないはずなのに、省吾が気になって聞いてみると事の詳細をペラペラと喋《しゃべ》ったこと。

その内容が、自分がいかに美緒のことを想っていて、付き合うためにどれだけ努力してきたかの語りで、省吾が話を止めようと思ってもそれを遮《さえぎ》って語り続けたということ。

自分にとって美緒がどれだけ尊い存在で、美緒に寄り付こうとする男をバレないように一切排除してきたか、自分が美緒にとって一番であり続けるために、手段も厭《いと》わないと思っていること。

何より、美緒が悠斗にとってのいわゆる「最推し」で、いつまでも求められるようにこれからも美緒の望む悠斗であり続けるつもりでいること。

「……とまぁ、そんな感じでね」

「ぜ、全然知らなかった……」

「だよねー。アイツが言うわけないよなぁ」

「どちらかというと塩対応というか、優しいんだけど、ヤキモチとか妬《や》かないタイプだったし……」

「あれ、ヤキモチ妬《や》いたの出すようになった？」

「ううん、今までヤキモチ妬《や》くとか全然なくて『本当に私に興味あるのかな？　私のこと好きなのかな？』って思う時もあるくらいだったよ」

「うっそ。あのね、めちゃめちゃヤキモチ妬《や》いてるから。今までも」

「えぇ!?」

「最初に美緒ちゃんの話聞いたのが俺だったからか、その後付き合い始めてからも結構話聞く機会多くてさ。ま、俺が面白がって聞くようにしてたんだけど。……だってさ、全然キャラが違うのよ！　美緒ちゃんの話する時と、バイト先とかダチらで出かけてる時と」

「え、い、一ミリも信じられない……」

「ヤキモチが何か、わかってなかったのよ。何があったのかは知らないけど、多分自分の中でヤキモチがどんなものか理解したんだろうね。……遅っ！」

「ユウ君が……」

美緒は夢でも見ている気分だった。あのユウ君が、まさか。

「笑っちゃうくらいヤキモチ妬《や》いてたからね!?　なのに『俺別にヤキモチ妬《や》いたりしないから』って言うわけよ。どんな高度なギャグだっての」

「……真顔で言うんだよね？　いつもの」

「そ、真顔。めちゃめちゃ好きなのも、ヤキモチ妬《や》いてるのも、全部わかるわけ。美緒ちゃんに対する独占欲、ヤバいと思うけど」

「ウソウソウソ！　ありえない！」

「ホントなんだって！　あ、ちょ、マジでこの話したこと言わないでね!?　絶対俺怒られるから！」

「……た、確かにその話したってバレたら怒るかも……」

「なんたって、本人も自覚したら悶絶《もんぜつ》しそうな話だからね」

「……黙っておきます」

「マジでそうして。それに、俺が悠斗がいない間にこんだけ美緒ちゃんに話してたってバレたら、笑顔で数十発は軽くぶん殴られそう」

「そんなに!?」

「そんなによ!?　それだけ好きなのよ、美緒ちゃんのこと」

「……すごい話を聞いてしまった……」

「美緒ちゃんのこと、大事なのよ。でもさ、アイツのことだからうまく伝わってないんじゃないかなって思って」

「それは否定できない……」

「結婚決まったって聞いた時はホッとしたし、入籍した連絡来た時も万歳したくらいよ？　俺」

「……さては省吾さんもユウ君のこと大好き……？」

「バレた⁉　そりゃもう大好きよ！　アイツほど、俺の話聞いて一緒にいてくれた奴も、不器用で心配になる奴もいないしね」

「……今日、話聞けて良かったな」

「内緒よ⁉　絶対に言わないでね⁉　……でも多分バレるだろうな。変な勘っていうか、美緒ちゃんのことになると見境ないし異常な嗅覚見せるから。美緒ちゃんの反応見ると、制御してるというか、表には出さないようにしてるみたいだから、良いんだけどね」

「言葉だけ聞くと、なんかヤバい人みたいじゃ……？」

「ごめん、つい……」

悠斗の話で盛り上がる二人。既に十五分ほど経過していたが、一向に悠斗も、次いで席を立った晴香も戻って来なかった。

「二人、全然戻って来ないね？」

「ホントだな。……見てこようか？」

「入れ違いになっちゃってもアレだし……。後十分くらい待ってみて、帰って来なかったら連絡入れてみたら良いんじゃないかな」

「そうだな、子どもでもないんだし」

「うん、待ってみよう」

「……帰って来ないんだったら、悠斗の話もうちょっと仕入れとく？」

「えっ……どうしよ……誘惑がすごい……」

「喋《しゃべ》ったのバレるなら『言うな！』って悠斗から言われる前にもっと喋《しゃべ》っとこうと思って」

「やっぱり、バレちゃう？」

「多分ね。聞かれても知らないふりはしてほしいけど。ヤバそうな空気察したら、聞いたって話しちゃっても良いや、もう」

「え、良いの？」

「付き合いも長いし、すっげー怒られるけど、そのうちアイツなら、吹っ切れたって感謝してくれる！　……って思いたい」

「あはは、最後は希望なのね」

「だってできたら怒られたくないし、仲悪くなりたくもないしね。でも、変にこじれて、悠斗と美緒ちゃんの関係が崩れていくほうが嫌だから」

「……ありがとう……」

「ま、末永くお幸せに！　たまには悠斗と一緒に、ご飯行こうぜ。こっちもちゃんと、女の子がいるようにするし」

「……たまには、そういうのも良いかもね」

「——遅くなってごめん。大丈夫？」

「お帰りなさい。今、ドイツとオーストリアの食事見てたの。ここにあるメニュー見ながらだと、日本向けにアレンジしてあるのとか、名前同じだけど、見た目が変わってるのとかあって面白いよ」

「あ、旅行の見てた？」

「うん、楽しみ過ぎて、どこにしようかなって」

「そっか」

「もう出る？」

「……そうだね、そうしようか」

トイレから戻ってきた悠斗は、手荷物と伝票を持つとそのままレジへと向かう。

「あ、悠斗！」

「ん？」

「晴香見てない？　アイツもトイレ行ったんだけど」

「……見たよ。もう戻って来るんじゃないかな？」

「マジか、サンキュー」

「それじゃ、俺たちは帰るから」

「さようなら、省吾さん」

「おう！　またな美緒ちゃん」

笑いながら手を振る省吾に、美緒は小さく手を振り返した。

「――こちらが、テイクアウトの商品になります。まずはスイーツのザッハトルテが一つ、ティラミスが一つ。マカロンは抹茶とフランボワーズ、シトロンにバニラをお一つずつですね。パンはプレッツェルのプレーンと、チョコがけもお一つずつ入っています。オープン記念で、シュトーレンもサービスでお渡ししていますので、是非こちらもお召し上がりください」

「ありがとうございます」

「ありがとうございました。またのお越しをお待ちしております」

「ごちそうさまでした！」

ホクホクした笑みを浮かべ、美緒はスイーツとパンの入った袋を受け取った。ズッシリと重いその感覚に、思わず袋を持つ腕を振りながら歩く。

「気を付けなよ？　ティラミスとザッハトルテ入ってるんだから」

「あっ、忘れてた……。崩れるところだった、危ない危ない……」

「ちょっとくらいなら大丈夫だとは思うけどね。それは冷蔵ロッカーにしまって、他のお店見にいく？」

「うん！」

二人は冷蔵ロッカーを探して歩いた。

「あ、アレじゃない？」

「俺入れてくるよ」

「うん、ありがとう」

悠斗が冷蔵ロッカーへと向かうと、その後ろに一人の女性が着いた。

（あれ？　あれは……）

「あっ、悠斗君！」

「……あ」

「急に声かけたから、さっきはビックリしちゃった？　ふふっ、ゴメンね？」

「あ、いえ。省吾が探してましたよ。俺たちもう行くんで、これで」

「えー？　ねぇ、連絡先交換しよ？　愚痴とか相談とか、色々聞いてほしいんだけどなぁ？」

「……それなら、同じ女性の美緒のほうが良いんじゃないですか？」

「……何で？」

「そのほうが話しやすいでしょう？」

「んー……そうかなぁ？　男の人の意見も聞きたいな？」

「俺、そういうの苦手なんで。失礼します」

晴香の話を聞きながら、荷物を冷蔵ロッカーにしまった悠斗は、一切晴香のほうを見ないまま歩き出した。

「えっ、待ってよぉ？」

「省吾が心配しますよ？　では、失礼します」

「えっ、ちょっと……」

「――行こう、美緒」

「え？　あ……うん。……っと、さようなら、晴香さん」

「……っ」

一瞬、晴香に睨《にら》みつけられたような気がしたが、今この瞬間晴香は笑みを浮かべて手を振っていた。視線を、悠斗に向けて。悠斗は美緒の手を引っ張り、足早にその場を後にした。

そのまま違う階へと移動する。美緒の手を握る悠斗の手には妙に力が入っており、何も話さないままだ。表情も強張《こわば》っており、その姿は美緒を不安にさせた。

「……ユウ君？」

「……え、あ」

「どうかしたの？」

「……いや、何でもないよ」

「……そう？」

「うん。大丈夫だから」

「わかった。……けど、もし何かあったなら、家に帰ってからで良いから教えてほしいな？」

「……覚えてたらね」

「……うん」

ギクシャクしたままの二人。理由がわからず不安が募っていく美緒は、悠斗の手を強く握り返した。

「……美緒、あのお店の制服気に入ってたでしょ？」

「え？　うん。可愛いなって思う」

「カントリー調っていうの？　見に行ってみる？　これだけ広いショッピングモールなら、似たようなのあるかもしれないし、なかったとしても、他にも気に入るものが見つかるかもしれない」

「うん！　見に行く！」

「よし、じゃあ行こ！」

悠斗は一度手を離して、その手で美緒の頭を撫でる。そのあとまた手を繋ぎ直したが、その手にもう先ほどの強さはなかった。

「ユウ君は、何見たい？」

「俺は……あ、時計買わなきゃ。ベルトがちぎれそうなんだよね。美緒、一緒に選んでくれる？」

「もちろん！」

「あと本屋にも行かなきゃね」

「ガイドブック決めきれないな……」

「どこの国の本が売ってるかもわからないしね、まずは見てみようか。中身パラパラ確認して行ったら、その内容で行きたくなるかもしれないし」

「……うん、そうする！」

「見たいところは全部教えてね。時間はあるし、疲れたらカフェに入れば良いし」

「はぁい！」

二人は気になるお店を一つずつ覗いていく。

悠斗の希望通り、二人で腕時計を買うべくお店に入ると、美緒が好みの時計を悠斗は選んだ。反対に、美緒が購入した洋服の半分は、悠斗の好みのデザインが含まれていた。

「ねぇユウ君。私、スマホケースお揃いにしたいな……？」

「良いよ？　……あんまり可愛すぎると悩むけど」

「やったっ！　嫌かもしれないなって思って、言えなかったんだけど……。お揃いの物持てたら嬉しいからさ……」

「……ネタに走ったケースにする？」

「そ、それでも良いよ!?」

散策途中に見つけたスマホアクセサリーのお店に入ると、それぞれ好みのスマホケースを持ち寄った。

「こっちのサメ、俺結構好き」

「このやる気のないナマケモノは……？」

「何それ。名前以上にやる気なさそうじゃん」

「なかなか良いと思うんだけど……」

「それにする？　俺もそれ好きだよ」

「これにしても良いの？」

「男が付けてても、別におかしくないデザインだし。良いんじゃない？」

「じゃあコレにする！」

思いの外早く決まったスマホケースを早速付けると、二人は散策を続けた。長い時間をかけてお互いにお気に入りのお店を作った二人は、途中休憩を挟みながら、賑《にぎ》わうショッピングモールを堪能したのだった。

ここ数日、美緒は悠斗の『知られざる一面』をいくつか見ていた。

結婚祝いの会の帰り、ホテルで過ごした時の姿にエリア長が言っていたこと。それに悠斗の友人の省吾が言っていた、悠斗と美緒が付き合い始めた頃の話。どれも、普段の悠斗からは想像できない姿だった。

意外かと聞かれれば、間違いなく『意外だ』と答えるだろう。だが、その意外さは美緒にとっては良い意味で期待を裏切られるものだった。

言い方はあまり良くないかもしれないが、美緒に対してもっと無関心で、どうでも良いとまではいかないが、美緒のことをそんなに気にしていないのだと思っていた。現に今まであからさまな嫉妬心を見せたり、気にする素振りは一切見えなかった。

悠斗本人は、『自分は冷静だと思っていたが、実はそうでもなかった』と言っていた。今まで気が付いていなかっただけで、ずっと心の奥底では気にしたり引っかかったりしていたのかもしれない。自覚しなければ当然わからないこともある。

それが、美緒の周りの人間に対する嫉妬心だったのだ。

「あー、今日本当に楽しかった！」

「俺たちすごい良い場所に住んだのかもしれないな」

「お休みの日の楽しみが増えた気がする！」

「そりゃ何よりだよ」

二人は今日お土産として購入した、スイーツを囲んでソファに座っていた。

「……美味しいがいっぱいあるって幸せ……」

「明日にも残しておいたら？　夜ご飯食べてスイーツこれだけ食べたら、とんでもないことになるかもしれない」

「……体重が？」

「そう、主に体重が」

「それは避けたい……」

すべて食べてしまいたい気持ちをグッと抑えて、美緒はザッハトルテとマカロンを二つだけ残し、他は冷蔵庫へと戻した。

「……半分こしよう？」

「良いよ」

フォークで少しずつザッハトルテを削って食べ進めていく。

「んー！　美味しい！」

「思ったより甘さ控えめ？」

「かも？　生クリームもカップで入ってるから、一緒に食べられて嬉しい」

「テイクアウトだけでも利用できるし、色々試せるね」

「また行く。絶対行く」

「そう言うと思った。あ、ガイドブック見てみる？」

「見なきゃ！」

そう言って今日購入したガイドブックも、テーブルの上に置いた。結局選び切れなかった二人は、旅行のパンフレットを複数と、ヨーロッパ全体の観光地や地域の歴史等の詳細が載っている、ガイドブックというよりは説明書のようなぶ厚めの雑誌を購入していた。

文章だけでなく、写真も豊富なこの雑誌は、旅行に対する夢を広げる。日本とは全く違う街並みや自然の様子に、二人は嬉しそうにページをめくっていった。

「あ、これ。今日省吾さんが食べてたやつじゃない？」

美緒は目に留まったスイーツを指差した。

「美味しそうだったよね」

「……そう？」

「うん。これもちょっと食べてみたいなぁ」

「次行った時に選んでみたら？」

「うん！　そうする！　……そういえば、省吾さんが『今度みんなでご飯食べられたら良いね』って言ってたよ？」

「……美緒に？」

「ユウ君と、私と？　他に女の子も呼ぶからって言ってたような……？」

――と、ここまで口にして美緒は思い出した。省吾が言っていたことを。

「ふーん？　省吾がねぇ……」

「あ、えっと、社交辞令？　だと思うよ……？」

美緒は慌てて取り繕った。悠斗の前であまり他の男性の話をしないほうが良い。そう思ったからだ。省吾の言葉を借りれば、悠斗は『ヤキモチを妬《や》いている』のだから。特に、以前であればそれを自覚していなかったが、今はもう自覚しているはずなのだ。それであれば、その後の反応を予想するのは容易《たやす》い。――これまでの自分がそうであったように。

「……俺がいない間、二人で話してたの？」

「ちょ、ちょっとだけ……」

「へぇ。何の話？」

「えっと……新しいお店ができて良かったねとか、結婚おめでとうとか、そんな話したよ？」

「そうなんだ。で、それだけ？」

「それだけ……って？」

「省吾のことだから、まぁ、美緒のことを個人的に誘ったりはしないと思うけど。俺抜きでとか、二人っきりでとか」

「全然！　ない！　そんなのは！」

力強く否定する美緒。だが、優しく話す口調とは裏腹に、悠斗の目元は笑っていないように見えた。

「俺の話、何か聞いた？」

「え……ユウ君の話……？」

「そう。俺の話」

「それは、その、うん、ちょっとだけ、聞いたかな……？」

悠斗の問いに思わず目が泳いだ。やましい話をしたつもりは一切ない。が、省吾の言うことが本当ならば、話していた内容がバレてしまったら省吾が殴られてしまう。……流石《さすが》にそれは冗談かもしれないが、あながち間違っていないのかもしれない。今の悠斗は、以前の悠斗ではないのだから。

美緒の知っている悠斗ではなく、省吾の知っている悠斗なのだ――

「そんななんか、大事な話というか、大した話じゃないと思うよ……？」

「ふーん。どんな話したの？　まさか、俺の悪口とか？」

「そんなの言うわけないじゃん!?」

「冗談だよ。……美緒は省吾と何の話したのか、俺にちゃんと教えてくれるよね？」

悠斗はゆっくりと美緒へ身体を寄せる。

(うぅ……色々無理な気がする……。ゴメン！　省吾さん……！)

「……ユウ君、私が聞いたこと知っても、省吾さんのこと、殴ったりしない？」

「殴る？　アイツ、そんな俺に殴られるような話を美緒にしたの？」

「いや、えっと、多分そんなことはなくて、言葉のあやというかちょっと面白くしようと思ったのか、緊張を解《ほど》こうとしたというか……」

「……試しに、言ってみたら？」

「……本当にちょっとだけなんだよ？　話をしたのは。ちょっとだけ、昔のユウ君の話を聞いたというか……」

「昔の俺の話？」

「その、私と付き合い始めた頃の話とか……」

「あー……それ言っちゃったのね、省吾のやつ」

「……聞いちゃダメだった？」

「まぁ、もう聞いちゃったことは取り消せないしね」

「何か、ゴメン……」

「いや、良いよ。……しっかし、アイツよりによって……一番聞かれたくない相手に、一番聞かれたくない話してたのかよ……」

　はぁぁとわざとらしいくらいに大きな溜息を吐いて、悠斗は頭を抱えた。何か考え事をしているようにも見えるし、諦めたかのようにも見える。

「……省吾さん、殴られちゃう？」

「……どこまで話したかによる」

「えっ」

「美緒には怒らないから、言ってみて？」

「できれば、省吾さんのことも殴らないでほしいな……？」

「あ、アイツのことかばっちゃう？」

「うぅ……。その、付き合い始めた時ものすごく喜んでたとか、その、推しがどうのとか……」

「……あー……」

「あっ、でも！　私だってユウ君が最推しなんだから！　ずっとずっと好きだったし！」

「待って、今めちゃめちゃ恥ずかしい」

「ご、ゴメン！」

「美緒、ちょっと、ここ座って？」

悠斗は自分の足の間に、美緒を座らせると、後ろから抱き締めて首元に顔を埋《うず》めた。

「はぁー……俺カッコ悪いな……」

「え!?　何で!?」

「省吾にその話した時、自分でも記憶が怪しいくらいハイになってたの。……美緒と付き合えたのが嬉しくて」

「それはね、あの、やっぱり意外」

「付き合い始めてからはさ、カッコ悪いところは見せたくないし、好きでいてもらえるようにって、そういう部分見せないようにしてたんだけど。気が付いたら、それが当たり前になってて。ヤキモチは妬《や》いてるんだけど、自分でよくわかってないの。見せたら嫌われるかもしれないから」

「……そうだったの？」

「美緒は、結構そういうのも全部出してくれてたからさ。嬉しかったし。でも、俺がそういうのを出すのは違うと思ってて。気が付いたら、いつの間にかヤキモチなんて妬《や》かないし、そういうのには興味がないというか、自分は関係ないと思うようになってたというか……」

「そんなことあるんだ……」

美緒は悠斗の腕の上に自分の腕を回し、優しく撫でた。

「……好きな人にはさ、やっぱりカッコ悪いところ見せたくなかったし。それは今でも変わらないよ」

「ユウ君……」

「バレちゃったけどね？」

「私は、そっちのユウ君のほうが好きかもしれないな……？」

「え？」

「えっと、もちろんどっちも好きなんだよ？　あの、私もヤキモチ妬《や》くし……。ただ、これまでは一方的に好きなのかな？　って思うこともあったの。温度差があるのかなって。そりゃ、その、え、エッチしてる時とかに『好き』とか『愛してる』って言ってくれるのはすごく嬉しくて。けど、普段のヤキモチとか見たことなかったから、そういう姿見てみたいとか。我儘《わがまま》だとは思うけど、そういう愛情表現みたいなのも見てみたいな……なんて……」

「本当に、そう思う？」

「……だって……せっかく一番好きな、ずっと大好きだった人と付き合って結婚したんだよ？　一方的だなんて思いたくないじゃん……」

　悠斗の美緒を抱き締める腕に力が入る。

「……そうだ。今日省吾さんと晴香さんと一緒にお店にいた時、トイレに行ったよね？」

「……うん」

「その時、晴香さんもトイレに行ったんだけど。……もしかして、トイレの近くで会ったりした？」

「……バレてた？」

「何か晴香さんの態度とか言い方も気になったし。ユウ君がめちゃめちゃ冷たいなって思ったの」

「トイレから出てきたら、あの子がいてね。何か色々喋《しゃべ》ってたけど、あんまり聞いてなかった。早く戻りたくて。省吾と美緒が二人きりとか耐えられない」

「……今、もしかして素が出てる？」

「遠慮しないことにしたから」

　悠斗はもう諦めたらしい。取り繕うことも誤魔化すこともせず、感じたことを話しているようだった。

「あの、ロッカーのところでは何話してたの？」

「連絡先交換しよって言われた」

「えっ」

「もちろん断ったけど。省吾の彼女だし、美緒もいたから形だけは対応したよ？　いなかったら無視してたかキレてたと思う」

「……いて良かったかもしれない、私」

「俺的にはいないほうが良かったよ？　美緒に心配させたくないし」

「……ありがと」

「今回のことは、省吾に言うけどね」

「……晴香さんのこと？　……それとも、私がユウ君の話聞いたこと……？」

「両方」

「お、お手柔らかにお願いします……。私が聞いたから、省吾さん話してくれたんだよ」

「そこがね、ヤキモチポイント。わかるでしょ？　庇《かば》ってる感じ……」

「あ……っ……ゆ、ゆうく……」

悠斗は美緒の首筋にキスをした。そして、耳を指で刺激しながら、首筋を舐める。

「んっ、なっ、急に……」

「……怒りの感情さ、性欲と似てるらしいよ？」

「突然……？」

「俺、今、多分イライラしてる」

「何で……？　私、変なこと言った……？」

「違う、そうじゃなくて。誤解されそうなことしてきた省吾の彼女とか、ペラペラ喋《しゃべ》った省吾とか、美緒に寂しい思いさせてた自分にとか、色々。でも、美緒にじゃない」

「……良かった……のかな？」

「うん。だからこのまま襲う」

「え!?」

「余裕ない、ゴメン」

「えっ、まっ、えっ」

「……こんな俺、見たことないでしょ？」

「……ない、です」

「もうさ、隠さなくても良いんだよね？」

どこか悲しそうに笑う悠斗に、美緒は『ノー』とはとても言えなかったし、言うつもりはなかった。むしろ、今のこの悠斗が、美緒の求めていた悠斗なのかもしれない。そう感じていた。

「うつ伏せになろっか？」

言われるがまま、美緒はうつ伏せになる。命令されて逆らえないような感覚に、胸が苦しくなる。

「いきなり挿《い》れたら痛い？」

「……かもしれない……」

「じゃあ、俺の指、舐めて」

後ろから回る悠斗の手が、美緒の口へと飲まれていく。

「んぅ……ぇ……ぁ……」

「そのまま舐めて」

「あっ……ぉぉ……っ……」

「口の中も弱いよね……。舐めながら指動かされて、感じてるでしょ？」

「う……ぁぅ」

「俺に、もっとこういうこと言われたいんだよね？」

「うぅ……んっ……ぐ……ぅ」

「上手だよ。……そろそろ良いかな？」

悠斗は指先で美緒の舌を挟み、ほんの少しだけ力を入れて引っ張る。

「ん……ぐ……ぇ……」

「美緒がいじめられたいのはわかってるの。こういうことかはわからないけど。……俺も、したいことがあるから」

「はっ……あっ……はぁ……あ……ぁぁ……」

美緒の舌を解放した指には、テラテラと唾液が糸を引いていた。

「これだけ指が濡れてたら平気かな」

「ユウ君……」

「好きだよ、美緒」

悠斗は美緒のスカートをたくし上げ、美緒のショーツを下げる。そうして露《あら》わになった秘部に、唾液で濡れた指をゆっくりと入れた。

何の抵抗もなく、二本の指はするりと奥まで入っていく。

「ゆ……ゆう、くん……っ……ぅ……」

「……痛い？」

「ち、ちが……っ……あぁ……」

「指でもさ、そんな締め付けられると……」

「ん……ぅ……ふぅ……」

「……あー……すっげぇ濡れてる……なにコレ……」

「やっ……ぁ……」

「もしかして、期待してた？　こうされるの想像して濡らしてたの？」

「そ、そうじゃ……な……ぁっ」

「じゃあ何でこんなに濡れてるの？」

「やっ……やぁ……っ」

「また締まった。そのさ、反応がすげー良いの。わかる？」

「そんな、のっ……わ、わかんな、あぁぁ……！」

「……可愛いの」

グチュグチュと卑猥《ひわい》な音が響いている。悠斗はわざと美緒の弱いところばかり攻めた。

「お尻側もさ、気持ち良いんだよね？　ここを擦《こす》ると、美緒の中がすごい動くの。知ってた？」

そう言って、悠斗はお尻側の膣壁《ちつへき》を擦《こす》った。

「ここでしょ？　この、子宮の近く……」

「あぁぁ――っ――」

「不思議だよね。同じ中には変わりないのに、感じ方が違うんだもんね。だから、反応も違う……」

「んっ……んっ……ぁ……」

「全部、試してみたくならない？　どこが一番気持ち良いのか」

「……ぅ……」

「するよね？」

「ぁ……す……する……ぅ」

「うん、しようね」

悠斗は満足げに頷《うなず》く。

「お尻だけ突き上げる形で。四つん這《ば》いみたいな」

美緒は言われた通りにお尻を突き出した。今までソファでスイーツを食べながら団らんしていたのに、いつの間にか淫《みだ》らな行為に変わっていた。リビングの白いライトの下で、美緒の下半身が悠斗の目に晒されている。

（き、汚くないかな……。お風呂、まだ入ってないのに……）

美緒は潔癖というわけではない。が、汗をかいているだろうし、外に出て動いた身体だ。間違いなく綺麗、とは言い難《がた》いと思っていた。もし、自分が悠斗に『自分のモノを触ってほしい』『自分のモノを舐めてほしい』と言われてもあまり気にならないが、男女の身体の構造上、自分がされる側に回るとどうしても気になってしまう。

「ゆ、ユウ君……今更、だけど……。き、汚いんじゃないかな……？　お風呂、まだ入ってないし……外にも出掛けていたし……」

「そう？　別に美緒だから俺は気にならないよ？」

「で、でも……」

「美緒は、俺の触る時気になる？」

「……ううん、気にならない」

「それと同じだよ？」

悠斗は美緒のお尻を撫でる。

「……挿《い》れるね？」

「――んんっ！」

悠斗は美緒の秘部を指で広げた。そして、濡れてテラテラと光る亀頭を秘部の入口に擦《こす》り合わせた。しばらくその感覚を楽しんだ後、ゆっくりと美緒の中にそれを挿《い》れる。

「はぁ……ぁぁ……」

「俺、この体勢好きなんだよね。美緒のこと、征服してるみたいで」

「ぇ……ぅ」

「美緒の中に入ってるのもよく見えるし。この、入口のところがめくれて赤くなってるのもわかるしね」

「ふぅぅ……」

美緒は小さく首を横に振っている。恥ずかしいのだ。しかし、悠斗はその姿が見えているはずなのに、言い淀《よど》むことはなかった。

「あとはさ、この、奥のところによく当たる気がするんだよね。角度の問題かな？　……わかる？」

「んぁ……っ――！」

「そうそう、ここ。コリコリプニプニしてて、この感触好きなんだよね」

「あぅ……っ……あっ……ぁ……」

「それにさ、この状態だと、お尻の穴までよく見えちゃうしね」

「やっ……やだ、ぁ……」

「……こういうのも、好き？」

悠斗は美緒のお尻の右側を丸く円を描くように撫でる。そして、左側のお尻も同じように撫でると、てのひらで軽く叩いた。

「ぁっ――！」

「……やっぱり締まる」

「んっ、んっ……」

「痛い？」

「う……うう、ん……」

力を込めたつもりはなかったが、美緒に痛いことをしたいわけではない。悠斗は力の加減をしながら、小さく動く美緒の反応を見た。

「……もう少し、強く叩いても大丈夫？」

「……うん……」

「動きながらなら、気持ち良くて癖になったりしないかな？」

「――あ」

悠斗はゆっくりとピストンを繰り返す。そして、時々美緒のお尻を叩く。

「あぁっ……あ……ん……っ」

「……叩くとさ、すげぇ締まるの。分かってる？　気持ち良いんだよね？　こうするの」

悠斗が動くと美緒の中から、グチュグチュと卑猥《ひわい》な音が聞こえてくる。そして、お尻を叩くと締め付けが強くなり、反応していることを知らせていた。

擦《こす》れて愛液が音を立て、お尻を叩く乾いた音がリビングに響く。美緒の喘《あえ》ぎ声と相まって、悠斗は今まで以上に胸を昂《たかぶ》らせていた。

「誰も思わないよね。あの美緒が、こんな風になってるなんて」

「んぅ……ぅ……っ……あっ……あっ……」

「突き出したお尻叩かれて、俺ので突かれて、可愛い声出してるなんて」

「や……ぁっ……」

「……みんなに見せる？」

「や、だ……っ……やだ、ぁ……」

「……ははっ。そんなことはしないよ？　俺が独り占めするんだもん」

「うっ……うぅ……っ」

「好きだよ、美緒」

「ゆ、ゆう、く……っ……ぁ」

「その手、貸して？」

ソファの上で握っていた両手。掴《つか》むところがなく、美緒は自分の両手を恋人繋ぎのように強く握ることで、何かを掴《つか》む癖を補っていた。刺激が強い時は、何かを掴《つか》まないと壊れそうになる。

痛いわけではない。が、苦しさも気持ち良さも嬉しさも、すべてこの手の中にあるかのように、何かを掴むことでそれを外に発散しようとしていたのだ。

——しかし、今日の悠斗はそれをさせなかった。

「俺が手を掴《つか》んでたら、美緒に自由ないもんね？」

「え……ぁ……」

「俺が美緒のこと征服してるの」

「う……ぁっ」

「俺だけ感じてよ」

「あっ……あぁ……っ！」

「美緒は俺のなの」

「ふ……っ……う、う……」

「俺のモノなの。ずっと好きだったんだから。ずっと見てたんだから」

「まっ、あっ……あ……」

「閉じ込めて、俺だけしか会えないようにしたいくらい。——そんなこと言ったら、美緒は怖い？」

「……！」

美緒は繰り返されるピストンに喘《あえ》ぎながら、首を横に振った。

「あ、はは。しないよ？　うん、そんなことはしない。でも、それくらい好きなんだよって」

「うん……う、んっ」

「普段言うにはちょっとハードル高いから、今言っちゃうけど。ヤキモチ妬《や》くと、こんなこと考えちゃうの」

「はっ、あっ……はぃ……ぃ……」

「……次は、キスしながらしよっか？」

ゆっくり動くのをやめ、悠斗は一度美緒の中から自分のモノを引き抜いた。

「ふぅ……ふぅ……」

「……こういう時、ソファって便利だね」

ソファの背もたれに背中がかかるように、悠斗は美緒を座らせた。そして、脚を大きく広げさせて自分の腕で支えると、そのまま美緒の身体に近付くように押した。

「えっ……あ……」

「恥ずかしい？」

「ち、ちょっと」

「それでも、美緒はこのままシても怒らないでしょう？」

「う……」

見透かされた心が更に恥ずかしさを増し、たまらず目を瞑《つむ》った。

「これならキスできるし。美緒の顔も見える」

「みっ、見なくて良いよう」

「何で？　可愛いのに？」

「ううぅ……」

それ以上何か言うことができず、美緒は口を閉じた。そして少しだけ俯《うつむ》く。

「ホラ、顔上げて？」

しかしそれは、悠斗の言葉ですぐに戻された。

「……んっ」

クチュクチュと舌先が絡む。貪《むさぼ》るように唇を押し付けて、お互いに相手を欲した。

「好きだよ、大好き」

「私も……好き、ユウ君好き……」

軽く唇にキスをして、悠斗は、再び美緒の中に自分のモノを挿《い》れる。

「……もうすんなり入っちゃうね」

「そ、そんなこと……」

「ない？　でも、こんなにヌルヌルなんだから」

「ま、たぁ……っ……」

「……こんなにヌルヌルしてて、ギュッて締められたら、すぐ出ちゃうんですけど」

「いっ……言わなくて、良い……ぃっ……！」

「意地悪したくなるの。……してほしいくせに」

「んん――っ――」

「……これからは、いっぱいいじめてあげるからね？」

「あっ……あ……うぁ……っ……」

「……嬉しいよね？」

「うっ……うぅ……」

美緒は頷《うなず》いた。

その反応に満足したかのように悠斗が強く動くと、美緒は悠斗の身体を抱き締めてしがみつくように腕を回した。てのひらには力が入り、指先を悠斗の背中に立てている。

「いっぱい、気持ち良いことしてあげるから。いっぱい、気持ち良くなろうね？」

悠斗の発する言葉が、美緒の心と頭に絡み付く。自分が望んでいた、ヤキモチを妬《や》く悠斗。自分に他の人とは違う視線を向ける悠斗。自分を独り占めしたいと、欲望を口にする悠斗。

悠斗の反応が、行為が、言葉が、気持ちが……美緒の身体と心をジワジワと蝕んでいく。

(好き……ユウ君……大好き…)

「――俺、もう無理かも」

悠斗は自分の身体を美緒に押し付けると、今までよりも力強く動く。

美緒は自ら悠斗の唇へとキスを落とし、舌を吸い、絡ませた。

「んんっ……ん……ぅ……ん……」

今までの時間で一番大きく強く身体を動かした後、悠斗は美緒の最奥に自分のモノを押し付けた。

そして、今度は反対にゆっくり優しく動かすと、何度か一番奥を開こうとするように、グチュグチュと擦《こす》り付ける。

「……いっぱい出た気がする」

「……ふふっ」

「ありがと、美緒」

美緒と悠斗は抱き締め合うと、その余韻を楽しんだ。

＊＊＊

悠斗の気持ちをハッキリ知ってから、美緒は上機嫌の日々を過ごしていた。

いつもなら、仕事でミスを犯したら引きずることも多く、溜息を吐いては気持ちの切り替えが上手くできなかった。これまでは、少し棘《とげ》のある言葉を聞けば心にモヤモヤを抱えて、すぐには昇華できずにいたし、悠斗に関することで言えば、他の女性が悠斗に話しかけたり、悠斗の話をしているのを聞くと心がざわついて落ち着かなかった。

だが、今は不思議と落ち着いていた。それだけ、悠斗が美緒の頭の中を占める割合が高いのだろう。

『今までとは違う悠斗』の姿を想像しては、つい一人でニヤニヤと笑みを浮かべてしまうことさえあった。

(最近乾燥するからなぁ。マスクしてて良かった。じゃなきゃ、突然ニヤニヤして変な人って思われてたよね……)

頬に両手を当てて、自分自身に落ち着くように促す。

「どうしたの？」

「え、あ、何でもないです」

不思議に思った笹野が声をかける。まだ仕事中なのに、どこか上の空の美緒が気になったのだ。

「うーん、その感じは、何かいいことあった？」

「あ、わかっちゃます？」

「……マスク越しでもニヤついてるのが分かるくらいにはね？」

「……えっ!?」

「……冗談……のつもりだったけど、その反応だと本当にニヤついてそうね」

「うう……バレたと思ったのに……」

恥ずかしさのあまり顔を手で覆った。今の自分の顔は、真っ赤な気がする。心なしか身体も熱い。

「ま、良いんじゃないかしら？　モチベーションも上がるだろうし、毎日楽しくなるでしょう？」

笹野はまだ恥ずかしがっている美緒のデスクに、一つクッキーを置いた。

「あと少し、仕事頑張りましょう」

「はい！」

静かな部屋に、パソコンのキーボードを叩く音が響く。

（……それに、まさか弓形さんが異動するなんてね）

今、美緒の隣の席には営業部にいた女性が座っている。

元々営業事務をしていた彼女だったが、本人が総務部への異動を希望していたことと、営業部が男性の営業事務を欲していたこともあり、弓形に白羽の矢が立った。当初は渋る素振りを見せたものの、何があったのか数日後には異動する旨を上司に提示していた。

結果、今美緒の隣に座っている女性と、弓形のトレードが成立し、お互い『希望通り』という形で今回の異動は落ち着いたのだった。

（席替えくらいかなと思ってたけど……つい圧力とか考えちゃうな……）

突然の異動に驚いたものの、『本人の希望』ということで美緒は納得するようにしていた。実際は本当に何かあったのかもしれないが、美緒にそれを知る由《よし》はない。

——結論から言えば、この時の美緒の考えは当たっていた。普段は一切その立場を利用しない悠斗が、この時だけ自分の父親である社長に働きかけたのである。社長として見過ごすことができない内容であったこと、エスカレートする危険性もあったことから、その働きかけは功を奏し、今回の弓形の異動へと繋がっていたのだ。

＊＊＊

（今日はユウ君と一緒に帰れるし、晩ご飯も一緒に食べられるし。どこ行こうかな？）

いつもの週末、比較的忙しさも落ち着いた二人は、どこかで外食をして帰る約束をしていた。忙しくない時の、二人が楽しみにしている時間。

お店を決めてはいなかったが、家に帰りやすいという点から、近場のショッピングモールで、まだ入っていないお店に入ろうと話していた。

会社の出入口で待ち合わせをした二人は、多くの人が行き交《か》う町を歩く。

「会社帰りに食べに行くって、久しぶりじゃない？」

「あぁ、そうだね。忙しいの続いてたしなぁ」

「落ち着いてホント良かった」

「期末が近付いたら、また忙しくなるのがね」

「ユウ君は、新しいプロジェクトもあるしね」

二人で過ごせる時は、できるだけ一緒に過ごすようにしていた。いつか子どもができた時、二人きりの時間を捻出《ねんしゅつ》するのは難しいし、できたとしてもしばらく経ってからかもしれない。

「お店どうしようね？」

「お腹空いたから、お肉食べたいなーと思ったけど、スーツに匂いつきそうだな。ステーキも服に油が跳ねそう」

「アレは？　ローストビーフ丼！　確か、お店入ってなかったっけ？」

「あったかも。一階のレストラン街じゃない？」

「行ってみようよ？　それなら匂いもつかないし、油も気にしなくていいし、でもお肉は食べられる！」

「名案！」

「お土産にスイーツ買って帰ろうね？」

「あ、ポップアップストアで、わらび餅のお店入ったんじゃなかったっけ？」

「そこで決まり！」

「買い過ぎないようにね？」

「わかってるけど、気持ち的には全制覇したい」

「……言うと思った」

スマホでショッピングモールのウェブサイトを開くと、二人は決めたお店のメニューを確認する。

薔薇のように丼の上で咲いた溢《あふ》れんばかりの肉の花に、二人はまるで子どものように心を躍《おど》らせた。

「……ユウ君、私これが良い」

「え？　肉二倍？」

「うん。で、ご飯少なめ」

「……バランス悪くない？」

「私も！　お肉が！　食べたいの！」

「そんな真面目な顔して言わなくても」

『今日の晩ご飯に、何を食べるか』だけでも二人で話せば盛り上がる。それは、二人の食べ物の嗜好《しこう》が同じだからだ。

「……ねぇ、食べ物も私に合わせてる……とかある？」

「ん？」

「いつもさ、私の食べたいもの優先してくれるし……。ユウ君の好きなものも、もし他にあるなら食べに行きたいなって」

「いや、単純に俺も好きなものが同じなだけだよ。そこがもし全然違って、俺が合わせてるんだったらすごいストレスになる気がしない？」

「……する」

「それなら、多分こうやって一緒に食べに行かないと思うんだよね。それに、別に俺もご飯作れるんだから、自分の好きなもの作るだろうし。……まぁ、おおかたこの間の省吾の話が引っかかってるんだと思ってるけど」

「……バレた？」

「バレバレ」

「違うなら良いんだけどさ？」

「違うよ。だから安心して？」

頭をポンポンと撫でて、悠斗は笑いかける。

（……この感じなら、ホントに大丈夫な気がする。……良かった）

美緒はホッと胸を撫で下ろした。

「食の好みは、確かに一生毎日三食ついて回るものだしね。そこが合わなかったら厳しいな、俺は」

「好みが同じで良かったと、切に思うよ？」

「それは俺も同じ。結構甘いものも食べるし、ジャンクなものも好きだし。その辺制限かけられたら辛い」

「私は制限かけられたら死んじゃう」

「まぁ、美緒は大体いつも何か食べてるよね」

「……言わないで」

二人を乗せた電車は、ショッピングモールの最寄り駅へと到着した。時間が早いからか、遠目にはまだ混み合っているようには思えない。週末ということもあり、これから混み合ってくるのだろう。

実際、中に入ってみるとショッピングモール内の混雑ぶりはそこそこで、ご飯時とはいえまだ人が並ぶほどの賑《にぎ》わいを見せるお店は少ない。美緒が案を出したローストビーフ丼のお店は、その手軽さからか吸い込まれるように客が中に入っていき、ほぼ居座ることなく食べ終わるとお店の外に客が出てきているようだった。

悠斗と美緒もそれに倣《なら》い、手早く注文し届いた丼を口にする。そのあまりの豪華さに、周りの客はその多くが食べる前に写真を撮っているようだった。

もちろん、美緒も色々な角度からその立派な肉の薔薇を撮り、SNSにシェアしていた。

「「いただきます！」」

綺麗な赤色が食欲をそそる。満遍《まんべん》なくかけられたグレイビーソースの香りが鼻腔《びこう》をくすぐり、より食欲を掻《か》き立てた。

「……幸せ」

「これ無言で全部食べちゃうやつ」

悠斗の言う通り、二人は無言で箸を進める。そして、今までの客と同様に肉とソースの余韻に浸りながらお店を後にした。

食事が終わった後、宣言通りわらび餅を購入すると、二人は帰路についた。

二人で並んで歩く時は、いつも距離は近いが基本手を繋いで歩かない。付き合っているうちはどちらからともなく手を繋いで歩いていたが、結婚してからは美緒が手を出した時だけ繋ぐようになり、『実は手を繋ぎたくないのではないか』と考えた美緒は手を繋がないようにしていた。結果、二人は並んで歩くだけになった。

正直な気持ちを言えば、まだまだ美緒は手を繋いで歩きたいと思っていた。だが、手を繋がないからといって、仲が悪いわけではない。それに、手を繋いで歩かないカップルや夫婦、特に夫婦は沢山いるだろう。そう自分に言い聞かせていた。

「美緒さ、最近あんまり手繋ごうとしないよね？」

「え、あ、ユウ君が嫌なのかなと思って」

ちょうど考えていたことを見透かされてようで、美緒はドキッとした。

「……いや、そんなことない」

「そうなの？」

「あー……っと、その、俺から繋いで、拒否されたらどうしよう、って思っただけで……」

「え!? 聞いてくれれば良かったのに！」

「言わなくても、美緒から手繋いでくれてたから。けど、それもなくなったから、どうしようかなって思ってて」

「乗り気じゃないと思ったから、やめたの……」

「……そうだよね。あー、やっぱり言わないのはダメだわ。家まで、手、繋いで帰っても良い？」

「うん！」

「……もっと早く言えば良かった」

「ユウ君、そういうの全然表に出してくれないし」

「それは反省。ただカッコつけたかっただけなんだよね」

「今のままでもう十分だからね？ それに、手繋ぐって別にカッコ悪くないからね!?」

「肝に銘じとく」

思いがけない悠斗のおねだりに、美緒はぎゅっと悠斗の手を握り締めることで応《こた》えた。

——随分感じていなかったこの感触。しっかりと指を絡ませた、愛しい人との手の繋ぎ方。握り返した悠斗の手のぬくもりを感じながら、二人はゆっくりと、この時間を惜しむように歩いて行った。

5　もう隠さない

　結婚生活も慣れてきた頃。いつものように二人は同じベッドへ寝転んだ。籍を入れてから引っ越しを行ったが、このベッドもその時に新しく購入したものだった。それだけではない。ソファにダイニングテーブルとチェアのセット、リビングに敷いているラグに細かいものでいえばバスタオルやスリッパなど。それらの品も、自分たちがそうであるように随分とこの家に馴染《なじ》んできたように思えた。


「最近、一週間過ぎるのが早い気がする」

「休みの日はすぐ終わるよね？」

「うん、終わる。一瞬で終わる」

「明日もすぐ終わっちゃうんだろうな……」

「多分ね？」

「私は休みと仕事の一週間の日数を、反対にしてほしいと思う時もあるよう……」

「それはみんな思ってるんじゃない？」

「そうかな？　『毎日に張り合いがない！』って言う人もいるかもしれない」

「俺は仕事時間もっと短くて良いけどね」

「同じく」

「だって、そしたら美緒と一緒にいる時間が長くなるでしょ？」

「……そういうこと言うようになったんですね？」

「言うようにするって言ったじゃん」

「えへへ、私もずっと、ユウ君と一緒にいたいな」

美緒は甘えるように悠斗へとすり寄る。

「あ、ねぇ、私のこの部屋着に関するコメントはないんですか？」

急に思い出したように、今着ている服をアピールするように前に引っ張る。モコモコした素材の上下で、色は白と紫を基調としたパステルカラー。太めのボーダー柄が可愛らしいこの部屋着は、『美緒に着てほしい』と言って、この間のデートで悠斗が美緒にプレゼントしたものだ。優しくスベスベした肌触りが着ていて気持ちが良い。思わず頬ずりしたくなるくらいの柔らかさだ。上は長めの丈で、反対にかなり短くなっているショートパンツが隠れてしまうほどである。

なぜか悠斗からは『家でワンピースのように着てほしい』と言われ、日中の部屋着にするよりも寝る際のパジャマ代わりにしたほうが、締め付けもなくリラックスできるのではと考えた美緒は、今日の夜着られるように朝のうちに洗濯を済ませていた。

「うん、思った通り似合ってるよ？」

「……それなら良かった」

「白も紫も似合うね。淡い色だから、目にも優しい」

「これ、すごく手触りが良いの！　触ってみて！」

「知ってるよ。だから買ったのもあるもん」

「え？　そうなの？　自分の分？」

「そんなわけないじゃん。美緒が着てたら、俺も触りたい放題」

「なっ……⁉」

悠斗は美緒を抱き締めると、部屋着の上から美緒の身体を撫でる。悠斗もこの部屋着の肌触りが気に入っているようで、何度も何度もその表面を撫でていた。

「さ、触りすぎなのでは……？」

手触りが良いのはわかる。自分もいつまでも触っていたいと思うくらいには心地が良い。しかし、段々と肌と生地の擦《こす》れる感覚がくすぐったくなってきた。それに、部屋着を触るだけでなく、首元に顔を埋《うず》めている溜息が首にかかり、これも同じくくすぐったい。

「ゆ、ユウ君、ゆうく……んっ……！」

「……なぁに？　美緒」

耳元で甘い声がする。悠斗はわかって言っているだろう。元々すり寄っていったのは美緒のほうだが、ピッタリとくっついて動けないこの状況に『美緒がとても弱い』ことに——

「なっ……なぁに、じゃなくて……！　ん……っ……まっ……」

「……柔らかくてスベスベ……」

「そうじゃ……なくて……ぇ……っ」

「……ずーっと触っていられる」

「あっ……まっ……」

「……好きだよ、美緒」

「んんっ――！」

優しい言葉を吐いて、悠斗は首筋に歯を立てた。力は入れていない。だが、突然の今までとは異なる刺激に背筋が震えた。

「あっ……ぁ――」

悠斗はその行為をやめようとはしない。歯形がつかない強さで美緒の肌に前歯を立て、胸をくすぐる優しい痛みの痕《あと》に舌を這《は》わせる。やむことなく繰り返されるジンジンと頭に響く甘い刺激が、美緒の心臓の鼓動を驚くほど速くしていた。

「……でも美緒、すり寄ってきたじゃん？　部屋着の感想も求めたし。……聞かずに寝ることだってできたのに。ちょっとこういうの、期待してたでしょ？」

「……！」

（う……バレてる……）

『期待していなかった』と言えば嘘になるだろう。この服に可愛いや触り心地が良い、動きやすい以外の感想を述べるとしたら『肌の露出が多い』や『触りやすそう』になると思っていたからだ。緩い作りになっているため、肌の露出する部分は締め付けが少ない。めくれ上がるのも簡単で、寝っ転がって足でも絡ませたら、自分が男だったら簡単に触ってしまうかもしれないと考えてしまうだろうと美緒は思っていた。

自分だって、悠斗の無防備な姿や裾から覗く筋肉の線や骨ばった手足を見たら、ドキッとする。感じる内容は違うかもしれないが、きっと感覚としてはおおむね間違っていない。

その中で、いわば美緒は悠斗を誘っていた。可愛いと言ってほしい。好きだと言って、触ってほしい。自分のことを求めてほしい。自分が悠斗のことを好きだから、同じように悠斗にも自分を必要として、目に見える形で表現してほしい。……そして、その方法が多少あざとくても、わかったとしても、悠斗は応《こた》えてくれる。彼は、そういう人なのだから。

だがしかし、こうもハッキリ『期待してたでしょ』と言われてしまうと、恥ずかしいことこの上ない。悠斗はわかった上で触り、美緒の考えを言い当て、それを口にすることで美緒の羞恥心を煽っていた。

「……あれ？　違ったかな？」

「……」

恥ずかしさに何も言えないでいる美緒の耳元で、悠斗は言葉を続けた。

「全部教えてよ？　美緒がしてほしいことは俺もしたいし、美緒のいろんな顔を見て、いろんな声も聞きたい」

こういう時、確かに悠斗に主導権を持ってもらい、それに従いたいと思っていた。

「ねぇ、どうしてほしい？」

自分の一番愛する人が、自分が望んだ姿を今目の前で見せている。――のに。恥ずかしさが勝って、とても口から悠斗の望む言葉を、自分が求める言葉を、すぐには吐き出せそうにない。

「……じゃあ、俺のしたいようにしちゃうよ？」

――本当に悠斗はよくわかっている。美緒が思っていることを口にできないことも、自分が今発した言葉に、美緒が嫌な顔をすることなく頷《うなず》くことも。

今まで背後を取っていた悠斗は、美緒を仰向けに寝かせるとその上に覆いかぶさる形で美緒を見下ろした。

「……それじゃ、遠慮なく。手、貸して？」

美緒は悠斗に言われるまま両手を差し出した。

「どこがどれくらい気持ち良いか知りたいんだよね。この間の続き。……はい、腰浮かせて？」

戸惑いつつも言われた通り腰を浮かすと、上着の裾をたくし上げて胸の上の位置までずらした。

そして、両手を腰の下に来るように挟み込む。

「もう下ろして良いよ。これで手は使えないかな？　ちゃんと協力してね？」

まったく動かせないことはなかったが、思いのほか自分の重さで固定されており上手くは動かせない。身体自体を動かそうとすると、腰に重心が来るためより動かしにくくなることに気が付いた。

下手に挟まった腕を抜こうとすると、どこか痛めてしまうかもしれない。おとなしくしていれば特に痛くも重くもないが、抵抗すれば相応の負担がかかるように感じた。

「痛い？　大丈夫？」

「うん、大丈夫……」

好きにする、と言っても、悠斗は気遣いを忘れていない。

「……始めよっか。美緒が首と背中が弱いことはよくわかってるんだよね。あとそうだな、耳かな。一番弱いのはクリだろうけど」

――悠斗の言葉に、美緒は何も言えない。

「全部弱いのかもしれないけど？　気持ち良くなれる場所が多いほうが、エッチしてても楽しいだろうしね？」

確かに、気持ち良いほうがセックス自体嫌にならないかもしれない。たとえ相手がどんなに好きな相手でも気分が乗らない時はしたくないかもしれないが。触られていて反応してしまうのは何も男性だけではないし、シたいと思うのも男性だけではない。気持ち良ければもっとしたい、してほしいと思うだろうし、自分から何かしらアプローチをかけるかもしれない。……本当は直接的な表現をしたほうが良いのだろうが。

「……というわけで、まずは胸から。声は気にせず出してほしいんだけどね？　そのほうが、どんな反応してるのかわかりやすいし」

悠斗の指先が、美緒の胸元に触れる。思わずギュッと目を瞑《つむ》った。

「鎖骨から、この、胸の下辺り」

悠斗はそう言いながら、指先でツツツ――とくすぐるように胸部全体をなぞっていく。

「んんん――」

くすぐったさと気持ち良さが入り混じった、ゾワゾワとした感覚が胸元から脳まで走り抜けた。

笑ってしまうほどのくすぐったさもなければ、もっとしてほしいと思うほどの気持ち良さもない。が、不思議な感覚に声が漏れる。

「あっ……ん……」

片手で行われていたそれはいつの間にか両手になり、悠斗は無言のまま美緒の胸元を刺激していた。乳首は触らずに、肌の表面で円を描いたり線を引いたり、まるでその動きはわざと行われているようにも見えた。

「ふぅ……ふぅ……っ……」

何度も撫でられた肌がジンジンと熱い。確定的な強い刺激が与えられず、ジワジワと弱い刺激だけ与えられ続ける胸は、わかりやすく悲鳴を上げていた。

「わかる？　乳首立ってるの。触り始めてからずっと」

「――っ」

「触れること期待してる？　触らなくても硬くなってるのがわかるよ？」

「あっ……ぁ……」

そう言いながら、相変わらず悠斗の指は乳首を避けて胸元を撫でる。

「ふ……ぁ……んっ……ぅ……」

「こうするほうが、敏感になる気がするからさ。その上で触ったほうが、ね？」

指先が段々と硬くなった部分に近づいてくる。カリカリと爪の先でその根元を引っ掻《か》くが、それ以上は触らない。

かった。

「あ……あぁ……っ」

――もどかしい。指先は触ってきた中で一番敏感な箇所に近づいているのに、一向に触れる気配がない。焦《じ》らされているということはよく分かっている。しかし、美緒はどうして良いかわからなかった。

「……腰が動いてる。気持ち良い？」

「……ぅ……」

美緒は頷《うなず》いた。初めに感じた何とも言えない感覚が徐々に変わり始めており、ゾワゾワとした感覚が、明確に快楽へと変貌しようとしていた。

このまま、乳首を触ってほしい。指先で引っ掻《か》いて摘《つま》んでグリグリと潰して、これまでよりずっとずっと強い刺激を与えてほしい。――早く、早く。

「……そっか。良かった……」

「……ん……ぅあ――！」

望んだ通り、強い刺激が身体を走った。美緒の言葉を受け取って悠斗はカリカリと乳首を引っ掻き、指先で引っ張りギュッと潰す。そこまで力は入れていないが、これまで焦《じ》らされてきた身体には非常に大きな刺激だ。引きずられるように腰を浮かし、身体を跳ねさせる。

「気持ち良いね？」

「んっ、あっ、あ……は……ぁ……」

「つねるのが良い？」

「……っう」

「それとも、擦《こす》るほうが良いの？」

「ふぅ……ぁ、んん……んっ」

指先で摘《つま》む、引っ張る、擦《こす》る、押し付ける、引っ掻《か》く――何度も繰り返されると、どれが何の刺激なのかもわからなくなる。ただ、今は一点に集中して気持ち良いことが行われている――いつもよりもずっと気持ち良くて、頭の中がフワフワと浮き立つような、柔肌に爪を突き立てられるような、ぐちゃぐちゃとまとまりのない感覚、それだけだった。

「……教えてくれないの？」

「……だっ……ぁ……っん……んん……っ……」

（わ……わからな……っ）

美緒自身にも、もはやどちらが気持ち良いのか考えられなかった。『そんなこと、とても口に出せない』と、恥ずかしい気持ちが未だあることも間違いない。口に出すことは憚《はばか》られるが、頷《うなず》くことならできる。……いつもであれば。どちらも気持ち良かった。刺激のベクトルが違うのだ。決めようにも決められない。

「意地悪だなぁ、美緒は。俺はただ、美緒にもっと気持ち良くなってほしいから聞いてるだけなのに」

『意地悪』という言葉に反応し、美緒が首を振る。意地悪なのは自分ではない。悠斗のほうだ。

「……あ。もしかして、どっちも気持ち良くて、どっちもやめてほしくなくて言わないの？」

「……うぅ……」

大きく間違っていない悠斗の回答に、美緒は口を固く閉じて開かない。今声を出したとしても、すべて喘《あえ》ぎ声に変わってしまうのだから、例え口を開いたところで悠斗の望む回答が得られるかどうかはわからないが。

「……首、振らないんだ」

今まで行っていた意思表示をしない。否定の時に首を振る。――それをしないということは、悠斗の中で肯定の意と同義だった。

「……」

「ふぅ……うぅ……あっ、あ、あぁぁ……っ……」

「……」

「あぁ……あっぁ……ふっ…ぅ……ふぅ……ふぅ……っく……」

太腿をすり寄せ、身を捩《よじ》り、悠斗の下で美緒が喘《あえ》ぎもがき続けてどれくらい経っただろうか。美緒は自分を眺める悠斗の表情を、怖くて見られないでいた。

「……次は……」

悠斗が動く。唇をゆっくりと美緒の胸元に近づけると、少しだけ肌にくっつけるようにしてそのまま這《は》わせた。

「んんっ……！」

今までとは違う刺激が美緒に伝わる。

「あっ……あ……！」

指は止めていない。乳首を触りながら、唇を這《は》わせている。時々吸い付きながら舌先でチロチロと舐める。

「ぅあ……！」

外側から隆起《りゅうき》に沿ってその頂点へと舐める悠斗は、何も言わずにただひたすらその行為を進めた。

美緒の声が大きくなり、呼吸も先ほどよりも荒くなっている。その反応を楽しみながら、遂にその唇は指先で弄《いじ》り続けた乳首へと到達し、その役目を交代する。

「く……ぅっ……あぁ――」

乳首を吸いながら舐めると、今までで一番大きな反応を見せた。

（し、しらな……ぁ……こ、こんな、の……し、知らな……ぃ……よぉ）

チュッチュッと音を立てて吸い付いている。たまにジュルジュルと唾液で滑らせるように吸う音と、ピチャピチャとそのまま舐める音も混ざっていた。一つしかない口で賄《まかな》えない片方は、そのまま指先で最初よりも強く、執拗に弄《いじ》られている。

止めようと思ったところで、きっと悠斗はやめないだろう。

「はぁ、はぁ……ぁ……」

今まで指で弄《いじ》っていたもう片方を口に含む。同じように吸い付き舐め、たまに甘噛みするように歯を立てた。

「……すごい気持ち良さそうだったね？」

「あ……あぁ……はっ……」

「……大丈夫？」

「う……ぅ……」

「ぼーっとしちゃった？　でも、まだこれで終わりじゃないんだよ？」

悠斗は美緒の秘部に指を添える。既に太腿の付け根まで愛液で濡れていることに、悠斗は目を細めて微笑んだ。

「え、ぁ……」

「人間ってさ、普段触らない部分は弱いみたいだよ？」

「風に当たったり、何かに自分から触ったり、隠れる部分の話なのかなって思ってるけど」

「……ふぅ……ふぅ……」

「そうするとさ、この辺とか弱いんじゃないかな？　って」

「……？　……あ……あぁ……まっ……」

「ココはくすぐったいと思うんだけど、こっちはどう？」

「あっあっ……ひぃ……ぁっ……」

ほんの少しだけ声が遠くなった気がした。太腿を触っていた手は、どんどん下へと降りていき、足首までくる。すると突然足の裏をくすぐられ、美緒は身を捩《よじ》った。しかし、その刺激はすぐにやみ、今度は足の指をペロペロと悠斗が舐め始めた。

「ん、あ……はぁ……っ……ん……！」

指先から指の間にかけてゆっくりと丁寧に舐めほぐす。ピクピクと指が広がり動くと、掴《つか》んでいた足首も一緒に動こうと力が入っているのが分かった。

（ウソウソウソ……やだ……何っ……）

ザラザラと温かい舌が普段隠れている部分を這う。乳首ともクリトリスとも違う感覚に、美緒は戸惑っていた。

「ふ……っ……ぁ……ん……っ……あ、っ……」

「……」

何の抵抗もできないまま、美緒の足先が悠斗の唾液で濡れていく。ただこれまでと変わらぬ声を出しながら、身体をピクピクと動かすことしかできなかった。

「……気持ち良い？」

「ぅ……はぁ……はぁ」

「否定、しないんだ」

「う……」

「恥ずかしい？　……言わなくても、触ったらわかるんじゃない？」

「んっ、あっ……」

「……あぁ、すごいビショビショ。指舐めるの、気持ち良かったんだ」

「う……うぅ……」

「――ほら、ちゃんと教えて？」

「ふぅ、ふぅ」

美緒はコクコクと頷《うなず》いた。

「ちゃんと口で言ってほしいけどな？　……まぁ、またやって聞いちゃうから良いんだけどね？

じゃあ次は……」

（ま、まだ、身体の表面を触られただけなのに……）

先ほどの、ねっとりと指に絡みつく悠斗の舌を思い出し、美緒は閉じていた目を少しだけ開いた。

目の前には悠斗が座っている。

「……って言いたいところなんだけど。俺も触ってもらいたいな？　良い？」

「あ……う、うん……」

「じゃあ、上にきて。もう、腕は動かして良いよ。……苦しくなかった？」

「うん、平気……」

「それなら良かった。……じゃあ、お尻はこっちね？　またがって、俺の舐めて？」

言われた通りにしようと身体を起こす。長い間下敷きになっていた腕は少し痺《しび》れており、上手く起き上がれない美緒を悠斗は支えながらそっと起こした。

「ありがと……」

「痛い？」

「ううん、ちょっとピリピリしてるだけ」

震える手で腕をさする。すぐに痺《しび》れは取れないらしい。

「支えるの難しかったら、俺の上に乗って良いからね？」

「うん」

美緒は仰向けになった悠斗に背中を向けると、その胸の下辺りを跨《また》いだ。そして、上半身を屈《かが》めると既に勃《た》っている悠斗のモノを口に含んだ。

「あっ……美緒……」

「んんっ」

（……いつもより、大きい気がする……）

口の中で今にも弾けそうなほど、悠斗のモノは硬く大きく美緒の口の中で主張している。

「ん……ん……」

「美緒……うん、気持ち良いよ……」

身体が崩れたら、きっと喉の奥まで入ってしまうだろう。そうしたらきっと、息ができない。それほど、美緒の口の中を圧迫していた。

「あぁ……すごい……グチョグチョになった美緒のココ、よく見えるよ」

「んっ……んんう……！」

「ヌルヌルしてよく滑る。……わかるでしょ？」

秘部の入口を揃えた指先の平で擦《こす》る。チッチッと愛液と指、そして入口の擦《こす》れる音が聞こえた。

「ぐ……んぅ」

「ココもね？　外側だけど、気持ち良くなるんだって」

「ぅ――んっ――」

（あ……っ……くる……っ……ダメ、これイッちゃ……ぁ……）

そう言いながら音を立てて美緒の秘部を擦《こす》っていると、身体を支えるために悠斗の太腿を掴《つか》んでいた美緒の手にギュッと力がこもる。そして、身体を痙攣させると、上半身を悠斗に預ける形で倒れこんだ。まだ、口には悠斗のモノを含んだままで。

「……あれ、もしかして今のでイッちゃった？」

「……っふぅ……ふぅ……」

「……イッちゃったね？　気持ち良かったんだ。……焦《じ》らしてたから、いつもよりも感度が上がってるのかな？」

「ふー……ふー……」

「離さなかったの、偉いね？　……あ、中がピクピクしてるよ？」

「んぅ……！」

両手の親指を美緒の中に入れると、左右に押し広げた。露《あら》わになった美緒の膣壁《ちつへき》は、その入口を閉じようと悠斗の指を押し戻そうとする。

「乳首と、足の指と、あとこの入口。気持ち良いんだよね。今までにない反応だったし。あとは……お預けになってるココもかな？」

「んっんっ」

「……この調子だと、美緒すぐにイッちゃいそう。……いっぱいイッて良いからね？」

指を一本、二本と順番に中に入れ、丁寧に膣壁《ちつへき》を擦《こす》る。膀胱《ぼうこう》とクリトリスの裏側を押し付けるように。そして、まだ一度も今日は触られていないクリトリスを唇で包み込むと、舌全体で潰すように刺激した。

「ふぅ……っ……ん……んん……っ」

(やだ……また、気持ち良い……。うぅ……これじゃあ、またイッちゃう……。ユウ君のこと、気持ち良くしたいのに……)

美緒の口の中で、まだ固く熱を帯びていく悠斗のモノ。力が入るのか、時々自身を美緒の口内に押し付けてくる。

「う、ん……っむぅ……ぅ……」

口内を塞《ふさ》がれている美緒に言葉は発せない。

(イッたばっかりなのに……もう……気持ち良いよぉ……)

呼吸を整えようと、自然と鼻息が荒くなる。太腿を掴《つか》む指に力が入った時、悠斗の舌の動きは早まり、二本入っていた指を三本へと増やされていた。快楽の波の間隔が徐々に狭まり、擦《こす》られる内側の気持ち良い範囲も広がる。指が入っていない側の手はしっかりと美緒のお尻を掴み、口には悠斗のモノが入っているためどこにも逃げ場所はなかった。

「ん――ん――んんぅ――っ！」

身体が震え、悠斗の指を締め付ける。息をしようと開いた喉の奥を、その形を衰えさせていない悠斗のモノが犯す。苦しいのに、何とも言えないこの感覚――

「ふぅ……うぅ……んぅ……っ……ふー……」

「……イッたよね？　クリそんなに気持ち良かった？」

「う、うぅ……」

「もう、口から抜いて良いよ？」

「――っあ――」

「すごいね？　離さなかった」

「はー……はー……」

「良い子良い子」

「ん……」

悠斗は起き上がり、肩で息をする美緒を抱き締めた。

「今日は、上に乗ってみる？」

「……え……？」

「俺がもう我慢できないわ……。騎乗位。はい、こっち向いて、俺の挿れて？」

まだぼんやりとする頭を抱え、美緒は悠斗へ向き直る。再度仰向けになった悠斗の腰に跨《また》ると、自分の秘部を悠斗のモノへと押し当てた。

「それだけ濡れてたら、すんなり入っちゃいそうだけど。指でも解《ほぐ》したつもりだし。でも、いきなり挿《い》れると痛いかもしれないから、ゆっくり……？」

「……ぁ……う……っ！」

「うぁ……っ……美緒？　大丈夫……？」

悠斗の言葉を無視して、美緒は一気に腰を下ろした。メリメリと悠斗のモノの形に膣内が広がる。

「はぁー……はぁー……」

「……美緒？　ホントに平気？」

奥まで入った悠斗のモノが、美緒が身体を動かそうとするとゴリゴリと最奥を抉《えぐ》る。今までなら、苦しかったこの感覚も、なぜか今は感じたことのない快楽へと変わっていた。

「だっ……だいじょぶ……だよ……」

「……動くよ？」

「うん……」

「……こっち、きて」

力の入った美緒の身体を抱き寄せ、悠斗は美緒の頭を撫でる。

「……前、美緒この体勢苦しいって言ってたよね？　今は？　平気？　痛くない？」

「へい、き……痛く、ない」

「……なら良かった。このまま、しがみついてて良いからね？」

「うん……ぅあ……！」

「……何かね、いつもより狭い気がするの。それにね、グチョグチョしてて美緒の中すげー気持ち良い……」

「あっ……あっ……」

「っ……この、奥の……やっぱ、ここに擦《こす》れるのがさ、俺も気持ち良いんだよね」

「ま……っぁ……」

「プニプニ？　コリコリ？　分かんないけど」

「う……っく、ぁ……」

「……あぁ、美緒？　……腰動いてるよ？　気持ち良いんだ……」

「ぅあ……」

「やっぱり、好きな人がこれだけ気持ち良くなってくれたら、俺も嬉しいよね」

「ふぅ……ふ……っ……」

「愛しい人のこんな姿見られるの、最高じゃん……」

楽しむように悠斗は美緒の最奥を狙って突いた。気持ち良くて動くのか、それとも、快楽から逃げ出したくて動くのか。美緒の腰が本人の意思とは別に揺れる。

「この状態で動けないのも一興だよね？」

腰を両手で押さえつけ、ひたすらに自分のモノで美緒の中を蹂躙《じゅうりん》する。何度も奥を突かれ、その度に美緒は喘《あえ》ぎ息を漏らした。

「うぅ……ゆう、くんっ……いっ……いじわる……ぅ……」

美緒は悠斗の首元に顔を埋めながら言う。

「……喋《しゃべ》れた？　じゃあ、もっとしないとね？」

「ひっ……あっ、あ――」

「美緒、舌、出して？」

「んっ……ひ、ぃ……」

舌先を絡め、自分の口の中に招くと、悠斗は美緒の舌を優しく吸う。唇から伝わる熱を感じながら、その声にならない声を貪《むさぼ》った。

（これ……何か……違う……いつもと……）

今まで感じたことのない内側の気持ち良さに、美緒は身体を震わせた。クリトリスをずっと弄《いじ》られている時のような、中の一番気持ち良い場所をずっと刺激されているような、似ているけれど、どこか違う気持ち良さだ。その感覚に溺れそうになった時、美緒は気が付いた。イク前と似ている感覚だと。

「美緒……気持ち良い？」

「う……んっ……」

目を瞑《つむ》って頷《うなず》く。恥ずかしい。どうしても言葉にできない。

「ココ擦《こす》るのが気に入ったかな？」

「は……ぅ……ぁ……んん……」

イキかけの美緒に気が付かないまま、悠斗は同じペースで同じ場所を刺激し続ける。

「あっ……あ……」

（ナカ……ナカでイクの……？）

理解が追いついた時、美緒の背中を一番の快楽が駆け抜け、一気に頭の中で弾けた。

「ぅく……ぅ……あぁ……っ……！」

キュウキュウと膣壁《ちつへき》が悠斗のモノを締め付けるのが自分でもわかった。

「……あー……」

一言呟《つぶや》いて、勢い良く美緒へと腰を打ち付ける。

「あっ……！　ひぃ……っ……あ、ま、待っ……あっ……んんぅ……っ……！　ぐっ……うっ……！」

イッたことを理解した悠斗は、自分の体力が果てるまで小さく唸《うな》る美緒の中を突き続け、抱き締めながら自分の精液を美緒の奥深くに吐き出した。

「はぁー……ヤバい」

「はぁ……はぁ……はぁ……はぁ……」

動けない二人は、しばらくの間その体勢のまま呼吸を整えた。

「……全然我慢できないわ、長時間」

「はぁ……はぁ…じゅ、十分、だと思います……」

「だってもっと美緒の声聞いていたい」

「……恥ずかしいのでやめてください」

「何で？　可愛い声だよ？」

「かっ……可愛くない……！」

「てか、美緒ナカでイッたよね？　さっき」

「うー……」

「……否定なし？　やっぱりイッたんだ」

「もう……言わなくて良いんだもん……」

「これってすごいことだよ？　クリでイッたわけじゃなくて、ナカでイッたの！　俺のでイッたってことでしょ？　めちゃめちゃ嬉しいよ？」

「あ、あんまり連呼しないで……」

「嬉しくて、つい」

無邪気に笑う悠斗を見て、恥ずかしそうに美緒は笑った。

「これからも精進しますので」

「や、やめてよ、変なの……」

「もっとイカせたいわけですよ？　俺としては」

――今ここにいる悠斗と、仕事をしている時の悠斗が重なる。仕事の時はこんなに笑わないし、事務的な姿勢を見せている。少し厳しくて、仕事はよくできて、後輩に尊敬され上司には認められる。家にいる時は、甘えることもあって意地悪でエッチで、愛しながら自分のことをいじめてくれる。とてもじゃないが、この二つの人物像をイコールで繋げることは無理だろう。

初めて会った、あの頃の悠斗も、きっと今の悠斗とは違う。当時を知る人間が彼を見ても、同じ人だとは思えないかもしれない。

（……私以外には）

それだけ、表に出していない部分が、他人に見せていない顔が悠斗にはあった。会社の女の子たちのように、ただ推しているだけでは絶対に気が付かないであろう、内緒の顔が。

（こんな姿いっぱい見せられたら、もっともっと好きになりますよね……？）

思わず顔が綻《ほころ》ぶ。短期間で、悠斗の知らない顔を沢山見ることができた気がして。

「あれ？　どうかした？　美緒」

「え、あ……ううん、何でもないよ？」

「そう？」

「うん。……えっと、動いても良いのかな……？」

「……これ、動いたら出てくるかもしれないよな」

「……確かに。どうしよう……」

「抜いたらちょっと汚れちゃうかな？　でも、仕方ないし。シャワー浴びに行こうか」

「うん」

「美緒」

「ん？」

「愛してるよ」

「……私も。ユウ君のこと、愛してる」

二人はキスをしてゆっくりと身体を離すと、丁寧に体液を拭《ふ》き取ってシャワーへと向かった。そして綺麗に洗い流すと着替えてベッドへと戻り、疲れた身体を癒すのであった。

＊＊＊

先ほどまでの激しさは、夜の静寂に飲まれていく。いつの間にか背中同士をくっつけて眠る美緒と悠斗。すやすやと眠る美緒の体温を背中に感じながら、悠斗は明け方先に目を覚ました。起こさないようにゆっくりと起き上がると、半分自分が被っていた掛け布団を美緒に譲り、ベッドの外へと移動する。グッと身体を伸ばして大きく欠伸をすると、音が鳴らないようにドアを閉めてキッチンへと向かう。冷たいお茶を飲み干し、トイレを済ませてまた部屋へと戻る。

カーテンの隙間からほんの僅《わず》かに漏れる、昇り始めた朝日の光に少しだけ目を細めると、まだ眠る美緒の隣に戻るかどうか思案していた。

「ん……」

寝返りを打ち仰向けになった美緒の足が、掛け布団の端から見える。

「う……」

もう一度寝返りをすると、悠斗が寝ていた側へ移動して、掛けられていた布団はすべて剥がれて丸まっていた。腕の下に布団を巻き込み、抱き枕のようにしてそのまま美緒は眠っている。

眠りが浅いのだろうか。夢でも見ているのだろうか。それとも、もう起きそうなのだろうか。

「……美緒？」

少し近づいて、小声で名前を呼んでみる。が、その言葉に反応はない。

「……おはよ？」

これにも反応はない。気持ち良さそうに寝ている。こうして見てみると、まだ起きる気配はなかった。

自分の寝ていた位置に戻るには、美緒を横に転がすしかない。しかし、時間も時間だ。下手に動かしては目を覚ましてしまうかもしれない——せっかく気持ち良さそうに眠っているのに。

「……あー」

「どうしよっかなぁ……」

ポリポリと頭を掻《か》いて悩む悠斗だったが、元の位置に戻る必要はないと判断して美緒の隣へと寝転がる。少し沈むベッドにも、美緒の反応はない。

「……」

まだ部屋は暗い。外はきっと、良い天気なのだろう。早く起きることに抵抗のない悠斗は、もうひと眠りしようと思っていたが変に目が覚めてしまっていた。

——隣で眠る美緒を見つめる。よく見ると、上の服が少し捲れてお腹が露《あら》わになっていた。

「……美緒ちゃーん……」

先ほどよりも小さな声で呟く。当然美緒の返事はない。その返事がないのを良いことに、悠斗は美緒にちょっかいをかけ始めた。

「ん……」

お腹を触る。指先ではなくてのひらで触り、柔らかい肌を楽しんでいた。

「ぅー……」

「あ」

美緒が寝返りを打つ。起きたのかと思い触るのをやめたが、また寝息を立てて動かなくなった。

「……そう」

起きないのなら、と、今の寝返りで仰向けになった美緒のショートパンツとショーツに手をかけると、少しずつゆっくりと下ろしていく。

「……何してんだ、俺」

膝の辺りまで下ろしたところで、悠斗は自嘲気味に呟《つぶや》く。昨夜、既にシているのに。あれだけ出したのに。『目を覚ました美緒を驚かせて、恥ずかしがって怒る姿を見たい』なんて、ちょっとした悪戯《いたずら》のつもりで脱がせていたのに、自分の下半身にあるモノが寝起きだけが理由ではなくそそり立っていることに気が付いたからだ。

美緒が思うほど、美緒に関しては冷静でいられない。——それは悠斗自身が一番よくわかっていた。

「こんなに好きなんだけどなぁ……」

どれだけ愛しても、美緒に届かないのだろうか。いや、違う。届かないわけではない。表現の仕方と、その受け取り方に両者差が少しばかりあるだけだ。おそらく、二人とも気が付いている。ただ、お互いハッキリとすり合わせたことがなかったため、そう思い合ってしまっているだけだった。

ここ数か月で、二人はそれなりにお互いの思いについて話してきた。今までよりも、すれ違うことはなくなってくるだろう。

――ただ、一つだけ悠斗は心配に思うことがあった。セックスすることに関して、自分が先走ってしまっているのではないかということだ。夫婦なのだから、好き合っていれば当然行為はするだろう。だが、自分がしたいばかりで美緒に無理をさせていないだろうか、と。

美緒は、そんなことはない自分もしたいと言ってくれるが、頻度を考えると身体への負担や気分の問題も出てくる。無理やりしたくはないし、無理もさせたくない。

「ちょっと触っただけで、こんなになっちゃうんだもんなぁ、俺の」

自分に近い位置にある美緒の手を取り、服の上から自分のモノに触れさせる。

「……下半身直結、と言われても否定できないなコレ……」

力の入っていない腕の重さを感じながら、起こさないよう丁寧に腕を元に戻した。

「昔から大好きなんですよ？　付き合えた時、嬉し過ぎて死ぬかと思ったし」

美緒の頬をそっと撫でる。

「初めてシた時は、世界が変わったもんね。……めちゃめちゃ浮かれてたの」

唇にキスをし、指先で髪を梳《と》かした。サラサラ流れる髪の毛が、指の間をすり抜けていく。

「……まぁ、こんなことしてるのバレたら怒られそうなんだけどさ」

自嘲気味に小さく笑うと、露《あら》わになっている美緒の秘部に指をかけた。

「……あ」

クチュリ、と指先から音がする。

「全部出せたと思ったんだけどな。残ってたか」

秘部からドロリ、と昨晩放った精液が流れ出る。

「……エロ」

悠斗はグチュグチュと指先で秘部を弄《いじ》り、上に乗る形で美緒の足を広げると既に大きくなっていた自分のモノを挿入した。

「好きだよ、美緒」

ほとんど慣らしていない中は狭く、ミチミチと強引に押し進めていく。

「……すげぇ悪いことしてる気分」

そう言いながら、何度もピストンを繰り返す。初めは遠慮していたものの、その速度は速くなり奥まで押し込むように挿入していた。

「……ん……」

美緒の口から声が漏れる。ピクリとその声に反応した悠斗は一度動くのをやめた。

「あー……もっとしたいんだ、ゴメン、美緒」

もう起きても構わない。そんな意思を持って悠斗は再度ピストンを行う。

「伝わるかな、これ……」

「……う……ん……」

もう一度唇にキスをする。

「……！」

美緒の唇をこじ開け、舌を絡めようとした悠斗の舌に、美緒が吸い付いた。

「んっ……ぁ……ゆう、くん……」

「美緒……？　起きてたの……？」

「え……あ……」

「……うわー……めっちゃ恥ずかしい……」

「あ、の……」

両腕でしっかりと悠斗にしがみつく。驚いて思わず動きをやめた悠斗は、美緒のおでこに自分のおでこを合わせて問うた。

「……いつから起きてたの？」

「え……あ、っと……」

「ずるくない？」

「ず……ずるくないもん……。それなら、ユウ君のほうが……」

「……あー、ゴメン。責めるわけじゃなくて。カッコ悪い姿見られたかなと思って」

「カッコ悪くなんか……」

「一人で何やってんのって話だよな」

「……私だって、したいので……」

「……え？」

「ユウ君は別に……悪いことはしてない、よ……」

「……そこから聞いてたの⁉」

思っていたよりも、早い段階から覚醒していた。せいぜい、挿《い》れてしばらく動いた後だと思っていたのに。

「何で黙ってたの？」

「な、何て声かけて良いかわからなくて……」

申し訳なさそうにポツリと呟《つぶや》く美緒を見て、悠斗はまたピストンを開始した。

「……っあ……っ……」

「……教えてくれないなんて、悪い子だなぁ美緒は」

「そ、そんなことは……っ……あ」

「もしかして、寝てるところを襲われたみたいで興奮した？」

「え、あ……っ」

「……冗談。でも、俺とするのが、好きで好きでたまらなくなってくれたら嬉しいんだけどなぁ」

「そ、それは……ぁっ」

「『もう好き』って？　……足りないの。もっと求めてほしい。みんなが知らない美緒、もっと俺に見せて」

「うぅ……ぁ……」

両足の膝裏に腕をかけ、美緒の足とお腹を近付ける。

「こ……れ……っ」

「恥ずかしい？　この体勢。でも、このほうが奥に入るし、俺的には視覚が良いんだよね」

「あっあっ」

「あー……やっぱ奥まで当たる。気持ち良いよコレ……」

「んぅっ……ひ……ぃ……ぁ」

「キュウキュウ締まってる。……しばらくこのままね？」

「なぁ……っ……な、んで……ぇ……っ……」

「俺の恥ずかしい台詞聞いたでしょ？　だから俺も美緒の恥ずかしい姿見るの」

「やっ……あぁ……」

「おあいこでしょ？」

悠斗が突く度に中で愛液と残りの精液の混ざる音が聞こえてくる。美緒は、悠斗が自分に聞かせるために、わざと音を立てていると感じていた。

「エロい音してる。美緒から聞こえるよ？　グチュグチュ……って」

「……うぅ……」

何と返したらいいのかわからない。何を言っても、ただ悠斗を喜ばせるだけになることはわかっている。

「ずっとこうしてたいくらい」

「あっ……あっ……わ、わたし、も……ぉっ……」

「……ほんとに？　ずっと？」

「んんっ……ず、ずっと……ぉ……」

「嬉しいなぁ。もっと、気持ち良くなろうね？」

「ああ……あ——！」

「この奥グリグリすると、美緒声出なくなるよね。めちゃめちゃ締まるし……」

「あっ……は……」

「……苦しい？」

悠斗に言われた通り、美緒は声が出せずにフルフルと首を横に振った。

「じゃあ、もうちょっとだけ、楽しませて」

「……ぅ……く、ぅ……ぁ……」

悠斗は自分のお気に入りの場所を突き続ける。シーツを握る美緒の指には力が入り、悠斗がどれほどの刺激を与えているのか、見れば分かるほどだった。もちろんそれに悠斗は気付いており、分かった上でゴリゴリと削るように自分のモノを押し付けている。

「……やっぱダメだな、俺」

「……？」

「ううん、何でもない」

心配する美緒の意識を逸《そ》らせようと、美緒の身体に自分の身体を押し付けると、美緒の唇を舐めた。

「ん……ん……はぁ……はぁ……」

それに応えるように、美緒も口を少しだけ開いて舌を出すと、悠斗の舌先をチロチロと舐めた。徐々に力が入り、唇を合わせて貪《むさぼ》るようにキスを交《か》わす。

「ん……ぅ……」

まだ眠たいはずの頭と身体が強制的に起こされる。起き抜けはまだぼんやりとしていたのに、激しい悠斗の動きについていけるようにと。

(……あれ？　いきなりはいっちゃった……のかな？　痛くない、けど……)

いつもであれば、いきなり挿れられるのは正直辛い部分があった。すごく痛いわけではないが、何となく擦《こす》れる気がして、入口も狭くギチギチと押し挿れられる感覚を、少しばかりの痛みとして認識していた。

「……そういえばね？　すんなり入ったよ？」

「……え？」

「俺の精液が残ってたから。潤滑剤になってさ」

突然の告白に、自分の心が読まれているような恥ずかしさを感じた。うっかり口にしてしまったのか、そう思うくらい的確な言葉に。

「いっ……言わなくて……ぇっ……い、良いで、す……っ……ぅ……」

「何で？　気になるじゃん？　やっぱり、いきなりは痛いかなって。でも、何も言わないし、痛そうな雰囲気もないから」

「いっ……痛く、は……ぁ……なっ……」

「うん、だから、美緒が自分でも『何でかな？』って思うかなと思って」

何も口にできる言葉が見当たらなかった。ズバリ言い当てられた心境に。

「あれ？　もしかして大正解？」

「なっ……なん……っ、で……」

「キュッて締まったから。美緒のことだから、当たりで恥ずかしくて締まったのかなって」

「うぅ……」

本当に、今まで以上に考えを口にするようになった気がする。それでいて、悠斗は美緒で遊んでいるのだ。遊ぶというよりは、羞恥心を煽っている、と言ったほうが正しいだろう。

その時の反応が、悠斗を楽しませていると、柔らかな加虐心《かぎゃくしん》を揺さぶっていると、美緒はまだ気付いていない。

面白いくらいに、美緒はわかりやすかった。恥ずかしければ口をつぐむし、気持ち良ければもっと享受《きょうじゅ》しようと身体に力が入る。生理現象といえばそれまでだが、隠すような意思もなく、悠斗から見たらそれらは全て可愛らしく見えていた。

「……こんな反応取られたら、襲うなっていうほうが無理だわ……」

「ふ……うぅ……」

「……あ、そういえば、もう外明るくなってるから」

「う、そ……ぉ……」

「朝からシちゃったね？　……後で、一緒にお風呂に入ろっか」

「うん……んんっ……ぁ……っ……」

「目覚まし代わりになった？」

「何……っ、それ……っ……く……ぅ」

「冗談だよ。お風呂入ったら、綺麗に洗ってあげるね」

最後の美緒の返事を聞かないまま、悠斗は黙ると今までよりも強く深く美緒に自分のモノを押し込む。

「あぅ……っ……あぁ……」

美緒の声を聞きながら口元を緩ませた悠斗が、再度美緒の中を自身の精液で満たすのは、もうしばらくしてからのことだった。

「ふぁ……あ……」

眠たい目を擦《こす》り、大きな欠伸《あくび》をする。ベッドの上にまだ重たい身体を横たえながら、一気にやってきた疲れを逃そうと身体を伸ばした。

カーテンを開き、遮《さえぎ》るものがなくなった窓から、陽の光が降り注ぐ。眩《まぶ》しさに少しだけ顔をしかめ、見ないように反対を向いた。

（朝……早い……）

昨日の夜から朝にかけて起こったことを、ぼんやりと反芻《はんすう》して顔を赤くしながら、枕に顔を埋《うず》めた。

（……何だか、ものすごく盛り上がった気がしている……）

盛り上がったというよりも、お互いの欲が出たと言ったほうが正しいのだろうか。悠斗が全て促したように見えるものの、美緒自身、受け入れる以外の選択肢は持っていなかった。

（……ダメだ、何かニヤニヤしちゃう……）

自分が必要とされていて、それが自分の一番好きな相手だということに、昂《たかぶ》る気持ちを抑えられないでいた。

ガチャ――

「美緒、お湯入ったよ。入ろ」

「うん、ありがと」

「大丈夫？　立てる？」

「……ちょっとフラフラする……けど、平気だよ」

お風呂に入るため悠斗が呼びにきた。まだ一日経っていない。その短さの中で、濃くてねっとりとした空気が美緒にまとわりつく。それは、自分の感情かもしれないし、悠斗の思いなのかもしれない。

ベッドの端まで移動し、ゆっくりと身体を起こしてベッドから降りる。

「気をつけて」

「はぁい」

悠斗は美緒の手を取り、そのまま寝室を後にして浴室へと向かった。着ていた部屋着と下着を洗濯機の中へ放り込み、二人揃って中に入る。

モワモワと白い煙のように目の前を曇らせる蒸気が、浴槽内のお湯の温かさを物語っていた。

「俺、桶でお湯汲むから、美緒はシャワー使って良いよ」

「ありがと」

掛け湯をして、順番に湯船へと身体を沈めた。

「ふぁー……あったかい……」

お湯が身に染みる。普段夜お風呂に入る習慣のある美緒にとって、朝入るお風呂はいつもとは違う感覚だった。

「朝風呂は朝風呂で良き」

「それは確かに。気持ち良いね、ユウ君」

「目が覚める感じもする。頭冴えるかな」

「そうかも。今日はちょっと賢くなってるかもしれない私」

「マジ？　俺も推理が冴え渡るかもしれん」

「何の推理よ」

「わからん」

「……ふふっ」

「あ、今日どうする？　出掛ける？」

「出掛けたいけど、ゆっくりもしたい……」

「午前だけ外に出て、午後は家でゆっくりしようか？」

「そうする！」

「早く起きたし、行動時間多めに取れそうだね」

「……うっかり帰るの遅くならないようにしなきゃ」

「ここで賢さの出番なのでは」

「ユウ君の冴えた頭の出番でしょ⁉」

くだらない話をしながら、今日の予定を組む。想像していた通り、休みの今日はあっという間に過ぎ去ってしまいそうだった。

前日の夜から朝、眠ったらすぐにカウントダウンが始まる。

出掛けても、ご飯を食べていても、家でゴロゴロしていても、ゲームしていても、勉強していても。休日というだけで時間の感覚が異なる気がしていた。きっと、この二人に限ったことではないだろう。

「……雑貨を見て、本屋さんに寄りたいです……」

「何か新刊出たかな」

「最近行ってなかったから、新刊溜まってそう……」

「そういや俺も買ってない本あった気がする」

「あと、新しい鞄が欲しいな。だいぶいろんなところが擦《こす》れてきちゃって。あとはセールしてるうちに来年用の服も買っておきたい……」

「ヤバい、散財じゃん」

「これは必要経費です……！」

いつものショッピングモールに向かい、美緒が行きたいお店と悠斗が行きたいお店を順に回った後、本屋に寄りお昼ご飯を食べて帰ることになった。普段と変わらない、変わり映えしない……と言えばそれまでの、よくある休みの日の過ごし方だ。

「……最近、休みの日こんな感じだよね」

「つまんない？」

「全然。ユウ君と一緒に行きたいところ行って、欲しいもの買って、美味しいもの食べて幸せ」

「『何気ない幸せ』ってやつじゃない？」

「あー……そうかもしれないなぁ……。すごい大事だと思うんだよね、こういうの」

「気持ちに余裕がなくなったら、出掛ける気にもなれないし。ご飯も楽しめないもんなぁ……」

「だよね。日常じゃん、って思われそうだけど、その日常が良いんですよ……」

「いつまでもそうありたいですね？」

「同意です」

二人の声と、動いた時に揺れるお湯の音が、浴室に反響する。決して大きな音ではないはずなのに、静かな浴室では大きな音に聞こえた。

「今でもそれなりに忙しいかなって思ってるけど、これからもっと仕事忙しくなったりするのかな……」

「ユウ君はお義父《とう》さんの後を継ぐ訳だし、そうなっちゃうよね、きっと」

「だよなぁ。でもさ、今まで通り……いや、それ以上かな。美緒に負担掛けないように家のこともやりたいの」

「嬉しいけど、次期社長の立場だと顔を売る必要もあるだろうし、もっと会社のこと知っておかないといけないだろうし……私はそれを、できる限りサポートしたいと思ってるよ？」

「それが終わったら、美緒は社長夫人だな」

「私、社長夫人なんてガラじゃないよ……」

「ガラじゃなくてもそうなるの！」

「うっ」

「親父もおふくろも美緒のこと気に入ってるし、俺自身、美緒のこと胸張って『私の妻です』っていろんな人に紹介したい」

「そ、それは恥ずかしい」

「でも、まぁ、親父もまだバリバリ現役だからさ。ずっと先の話だろうけど。……それより先に、子どもが欲しいなって、俺は思ってるよ？」

「うん、それは私も」

「社長になるのとは違う意味で忙しくなりそうだなー」

「だって、人を生んで育てるんだもんね」

「時間の使い方もあるかもしれないけど、初めは二人とも試行錯誤して慣れないことにヘロヘロだろうし、頼れるところは頼りたいけど、そうもいかない場合もあるし」

「……そうだね」

「なので、気にせず過ごせる今、二人の時間を満喫しておきたいね。子どもと過ごす時間も絶対楽しいだろうけど、二人の時間も欲しくなるだろうし」

「うん。そうする。……子どもが生まれたら、生活もガラッと変わるのかな？」

「未知数だからなー。でも、きっとそうなるだろうね」

今はまだ見えない未来に、二人は思いを馳《は》せる。今は見えないとは言え、もしかしたら一年後にはその未来が現実になっているかもしれない。

美緒は遠くない未来を感じながら、身体を洗うために浴槽の外に出ようと立ち上がった。

「あ、待って」

「えっ？」

「のぼせてきた？」

「ううん、先に身体を洗おうかな、って思っただけ。……先に洗う？」

「いや、あー……、ちょっとだけ、良い？」

「ん？　うん」

「はい、じゃあこっち」

悠斗は美緒を引き留め、自分の脚の間に座るよう促した。背中を向けて、希望通り足の間に体育座りで座る。

「なぁに？　ユウ君」

「んー……ちょっとだけ、こうしてくっついていたかっただけ」

悠斗は腕を伸ばし、美緒を抱え込むように後ろから抱き締めた。

「……のぼせちゃいそうなんですが」

「え、もう？」

「だって……」

密着しているから、と言うのをやめて美緒は黙る。このまま流されたら、二人ともお風呂に入った意味がなくなってしまう。これから、出掛ける予定もできたというのに。

「……ぁ」

思わず声を出してしまった。ぎゅっと抱き締めていた悠斗のモノが、美緒に当たったからだ。

「どうかした？」

「えっ、あ、ううん、何でもない……」

目が泳いでしまったが、背中を向けているため悠斗に顔は見えない。身体が火照《ほて》ってきたが、この熱も恥ずかしいからなのか、単純に湯船に浸かる時間が長くなったからなのかわからなかった。

(だ、ダメだ……。大丈夫だと思ってたけど、もうのぼせちゃいそう……)

思いがけない悠斗の行動が、美緒の心臓の鼓動を速める。

「……しまった。朝ご飯の存在忘れてたわ……どうする？　家で食べる？　外で食べる？」

「あー……」

「一階に入ってるカフェって、食品フロアに合わせて早く開いてるんだっけ？」

「確か……」

「じゃあそこで食べても良いかもね。下の和カフェ行っとく？　あそこ、朝おにぎり出るっぽい」

「んー……」

「シンプルにトーストでも良いけど。お昼も外で食べるなら、あんまり朝からガッツリいかないほうが良いよね」

「んー……」

「トーストだけなら、パンまだ残ってたから家で焼いても良いよ？」

「んー……」

「……美緒？」

「んー……」

「聞いてる？」

「美緒！」

「……え……あ、うん！」

「聞いてなかったでしょ」

「えっ、あ、そんなこと……ご飯の話……だったような……？」

「中途半端だな……。やっぱり聞いてない」

「うー……ごめん……」

「はぁ……どうしたの？」

「何でもないよ……」

「そんなことないでしょう。気になるから。早く。はい！」

「うぅ……ただ、その……ちょっと……」

「ちょっと？」

「か……下半身が、その……あ、当たってる……というか……」

「あー……これ？　美緒を好きな気持ち」

（……何となく、言うと思ってしまった……）

今の悠斗ならきっと、『美緒が好きだから』とか『美緒と一緒にお風呂に入ったから』とか、そういう類の言葉を放つと思っていたが、それは大当たりだったらしい。

（何だか、前よりもユウ君の言いそうな言葉とか、考えてることがわかるようになってきたかもしれない……）

気にしていないのか、それともわざとなのか。美緒の話を聞いて、悠斗は自分のモノを美緒に押し当てるように密着した。

「あっ」

「……ん？」

「あ……たってる……」

「知ってる」

「わざと……？」

「美緒の反応が面白いから」

「……酷い」

「酷くない」

以前よりも、ずっと軽口を叩き合う仲になった気がする。これまでも気負う必要はなかったが、『自分を好きでいてほしい』という気持ちが、表に出さないとはいえどこかよそよそしい部分を作っていた気がした。

嫌われたくない、好かれたい。良い子でいたい、こっちを見てほしい。素の自分になりたい、変に思われたくない。色々な思いが混ざり合って、お互いに素直になった結果が今だ。

(……今も楽しい……かも)

最初は不安もあったが、それは杞憂《きゆう》に終わった。いつまでも拭《ぬぐ》えなかった、『自分だけが好きなのでは』と思っていた気持ちも、今はすっかり形を潜めている。

「……その、当たらないようにできる……の？」

「お風呂から出ない限り無理」

「あ、はは……」

「わかってるくせに」

「……ぁっ……!?」

胸に刺激が走る。いつの間にか美緒を抱きかかえていた腕はずれ、指先が乳首を摘《つま》んでいる。

「あっ……まっ……」

「悪戯《いたずら》しているだけです」

「何、っ……それ……ぇ」

「面白いくらいに弱いのね」

「んっ……ん……」

(な……何か……ず、ずるい……！)

狭い湯船の中では、抵抗のために身を捩《よじ》ることも難しい。悠斗の脚に挟まれて立ち上がろうにも立ち上がれず、手で隠そうにも悠斗の手のほうが下にあり、動かすことができない。

「あ、硬くなったよ」

「あっ……も、もう……！」

「コリコリ」

「んぁ……っ……」

指先で転がすように遊び、時々潰したり引っ張ったりしている。

「ス……ストップ……！」

「え？　ダメ？」

「だ、ダメっ……！」

「えぇ、何で？」

「こ、この後出掛けるでしょう!?　準備しなきゃ！」

「……それもそうか」

（……良かった、納得してくれたみたい）

美緒はホッと胸を撫でおろす。

「美緒、身体洗ってあげる」

「自分で洗えるよ……」

「良いから良いから」

「……変なことしない？」

「変なことって？」

「……うー……」

「綺麗にしてあげるだけだよ？」

温まった身体が、浴室の空気に触れる。お湯から出た部分はひんやりと冷やされるようだった。

「はいはい、洗おうねー」

「……何でそんなに楽しそうなの？」

「え？　気のせいじゃない？」

悠斗はボディソープをしっかり泡立てると、美緒の身体の上にでき上がった泡を置いて滑らせた。

（……心なしか笑っているような……？）

「くまなくあわあわしなければ」

「えっ、べ、別に良いよそんなの……」

「まぁまぁ」

泡が順次追加され、どんどん身体を覆っていく。

（……人に身体洗われるって、何か不思議な感じ……）

広がっていく泡を見つめ、美緒は指で泡をすくい取った。

（……モチモチで気持ち良いな……）

されるがままの美緒。

「……ひゃ……ぁ……っ！」

たっぷりの泡にまみれた悠斗の指が、美緒の乳首を捕らえた。

「あっ、ちょ、ちょっと……んんっ」

「洗ってるだけだよ？」

「うそ……っ」

片手で胸を洗いながら、もう片方の手はお腹を通り過ぎて下半身へと伸びていく。

「そっ……そこは……っ……自分で……洗います……！」

「遠慮しなくて良いよ？」

「遠慮じゃな……ぁっ」

伸びた手を掴《つか》み、身体から離す。

「……もう！　変なことしないって言ったのに！」

「洗ってただけだってば」

「手つきがいやらしい！」

「気のせいだって」

「絶対気のせいじゃないよ……。とにかくもう大丈夫なの！」

手早く泡を広げ、下半身を洗う。シャワーでしっかりと流し、悠斗についた泡も一緒に流した。

「ユウ君も洗ってあげようか？」

悪戯《いたずら》っぽく笑いながら、上目遣いで言ってみる。

「お願いします」

「……冗談です」

何だか良くない予感がして、美緒はすんなりと身を引いた。

「あ、美緒、洗い忘れあるよ？」

「え？　ちゃんと洗ったよ？　流し忘れ？」

「ううん、洗い忘れ。……いや、両方かも？」

「両方？」

悠斗が洗わなかった場所は、自分できちんと洗ったはず。洗い忘れの場所がわからず、美緒は困惑した。

「洗うから、シャワー貸してくれる？」

「う、うん」

「……ここ」

「えっあっ――」

悠斗は美緒に密着すると、指先を秘部へと滑らせた。

「……ホラ、やっぱり」

「んん……」

「残ってる、精液が」

「あっ……あぁ……」

「グチュグチュ鳴ってるでしょ？　夜もそうだったけど、精液が全部外に出せなかったんだよね」

「あっ……ん……んぅ……」

想定外の刺激に、思わず声が漏れる。

「掻《か》き出してあげるから、動かないでね？」

美緒は頷《うなず》き、悠斗に身を任せた。指が動く度に、グチュグチュと下半身のほうから聞こえる。掻き出された温かい精液が太腿を伝いお湯と混じって、パタパタと滴《したた》り落ちて床を汚した。

「あ……ぅ……んっ……っ……」

「……あはは。思ったより入ってるな……」

「はぁ……ん……あ……」

「出したの俺なんだけどね。それだけ気持ち良かったってことだよね、美緒のナカが」

「うぅ……っ」

「……もう良いかな？」

「っつ――」

勢いよく抜かれた指に、精液が絡み付いている。

「ね？　洗い忘れあったでしょ？」

「み……見せなくて良いです……！」

「はーい」

指についた精液も、床に落ちた精液も、綺麗に洗い流した。

「はい、もう一回泡で洗ってね？」

「……うん。……ありがと」

「どういたしまして」

美緒は再度泡で秘部とその周辺を洗った。

（……やだ……綺麗にしてもらったのに、ジンジンする……）

「……ユウ君、それ……」

ふと目に入ったのは、悠斗の下半身。特別見ようと思ったわけではなかったが、身体を洗い悠斗にシャワーを出そうとして目に入った。

「あ、これ？」

「うん……そ、その、大きくなってるような……？」

湯船の中で当たっていたモノ。見ただけではハッキリとはわからないが、先ほどよりも大きく硬くなっているような気がした。それに、力強くそそり立っている。

「……お風呂から出ない限り、こうだって言ったじゃん？」

（……そうだった）

いくら夫であるといえ、明るい場所で目の前にあったら、目のやり場に困ってしまう。

「……したい、の？」

「うーん、したい、けど、夜のお楽しみかな？　疲れたでしょ？　それに、この後出かけるし」

「は、はい」

（夜……か）

「先出てて？　洗ったら俺も出るから」

「うん」

一足先に身体を拭《ふ》き、服を着る。準備を済ませリビングのソファで待っていると、同じく着替えた悠斗がやってきた。

「じゃあ、デート行きます？」

「うん！」

「……今日も、手、繋いで良い？」

「私はずっと手繋いでたいな？」

「もちろん。じゃあ、それで」

荷物を持って玄関へと向かう。

「ねぇ、ユウ君」

「ん？」

「私今、すごく幸せ」

「……俺も」

――何気ない日常を、自分の最推しである相手と一緒に過ごせること。それを何よりもたまらなく愛おしく感じる。

結婚してしばらく経ってからではあるが、お互いにそうであることに気付けたのは大きい。

手を繋ぎ歩き始めた二人は、寄り添って今日を過ごすのであった。

恋愛小説「エタニティブックス」の人気作を漫画化！

［漫画］乃斗ナツオ
［原作］吉桜美貴

Eternity COMICS

仕事一筋の女社長・茜音《あかね》は、順調な会社経営の中、「結婚はしたくないけど子供が欲しい」という願望を持っていた。そこへ友人から同じ願望を持つ男性・龍《りゅう》之《の》介《すけ》を紹介される。彼は超有名IT企業のCEOで、伴侶ではなく後継者だけを求めているという。お互いに意気投合したふたりはそれぞれ秘密を抱えながらも契約出産の関係を結ぶことに。目的を達成するための割り切った関係――なのに、龍之介の甘く優しい愛撫に心も身体も惹かれていき……!?

B6判　定価：704円（10％税込）　ISBN 978-4-434-31739-2

この作品に対する皆様のご意見・ご感想をお待ちしております。

おハガキ・お手紙は以下の宛先にお送りください。

【宛先】

〒150-6008 東京都渋谷区恵比寿4-20-3 恵比寿ｶﾞｰﾃﾞﾝﾌﾟﾚｲｽﾀﾜｰ 8F
（株）アルファポリス　書籍感想係

メールフォームでのご意見・ご感想は右のＱＲコードから、
あるいは以下のワードで検索をかけてください。

アルファポリス　書籍の感想　検索

ご感想はこちらから

本書は、「アルファポリス」（https://www.alphapolis.co.jp/）に掲載されていたものを、
改稿、加筆のうえ、書籍化したものです。

私《わたし》の最推《さいお》しとの甘《あま》い結婚生活《けっこんせいかつ》

玄野クロ（くろの くろ）

2023年3月25日初版発行

編集－木村 文・森 順子
編集長－倉持真理
発行者－梶本雄介
発行所－株式会社アルファポリス
〒150-6008 東京都渋谷区恵比寿4-20-3 恵比寿ｶﾞｰﾃﾞﾝﾌﾟﾚｲｽﾀﾜｰ8F
TEL 03-6277-1601（営業） 03-6277-1602（編集）
URL https://www.alphapolis.co.jp/
発売元－株式会社星雲社（共同出版社・流通責任出版社）
〒112-0005 東京都文京区水道1-3-30
TEL 03-3868-3275
装丁イラスト－海月あると
装丁デザイン－AFTERGLOW
（レーベルフォーマットデザイン―ansyyqdesign）
印刷－株式会社暁印刷

価格はカバーに表示されてあります。

落丁乱丁の場合はアルファポリスまでご連絡ください。

送料は小社負担でお取り替えします。


ISBN978-4-434-31737-8 C0093